TAKE
SHOBO

25番目の姫ですが助けた国王陛下に電撃求婚されました♡

拾ったイケメンといちゃらぶ蜜月

contents

イラスト／天路ゆうつづ

25番目の姫ですが助けた国王陛下に電撃求婚されました

拾ったイケメンといちゃらぶ蜜月

プロローグ　二十五番目の姫

ルチル国第四十六代国王アレクサンドル・アフリアは、好色家だった。

正妃の他に側室が十人、それだけじゃ飽き足らず侍女や使用人にまで手を出し、時には娼館にまで繰り出し、その結果三十人の王子や姫が生まれ、現在側室が三十一人目の王子か姫を身籠っている。

ルチル国は石炭によって栄えた国だ。

しかし、五十年ほど前から採掘量が減ったにも関わらず、今までの贅沢(ぜいたく)な生活をやめることができないどころか、次々と王の子供が生まれるので、財政は取り返しがつかないほど逼迫(ひっぱく)していた。

これ以上は……と進言した臣下は処分し、まるで聞く耳を持たない。何度も増税を繰り返され、国民の不満は限界を迎えている。

「また、ご懐妊なんてね……」

「もうここまできたら、おめでたいも何もないよな。また税金があがるって話だし……」

「冗談じゃない！　王は去勢した方がいいよな」

「シッ！　王族侮辱罪で死刑にされるわよ」

「大丈夫だって。国民はもちろんだが、城で仕えてる人間だって王族に不満を持っている者だらけだぞ。現にこの前、兵の前でこの話をしたけれど、聞かないふりをしてくれたし」

「えええっ！　なんて危ないことしてるの⁉　やめなさいよ！」

街に出れば誰かしら王家の文句を言っていて、兵はそれを聞いても知らぬふりをしていた。心の中では『その通りだ』と同意していることだろう。

「あら、ローゼちゃん。今日は何を買いに来てくれたの？」

「こんにちは！　林檎（りんご）を二つお願いします」

「いつもありがとう。もう一つ、おまけしてあげるよ。ちょっと傷があって売り物にならないんだけれど、そこだけ取れば食べられるからね」

「わあ！　ありがとうございます」

手持ちのバスケットに林檎を入れ、次のお店へ向かう。砂糖がもうすぐ切れそうなので、買っておかなければ。

お父様、また子供ができたのね……。

「はぁ……」

呆(あき)れすぎて、ため息が出てしまう。

まさかバスケットを持って商店街を歩く私が、この国の二十五番目の姫だなんて誰も思わないことだろう。

第一章　不思議な出会い

「もう、なんで遺伝してしまったのかしら……」

私、ローゼ・アフリアの一日は早い。

朝四時過ぎに起きて、まずは髪を黒く染めることから始める。

「これがなければ、あと三十分は寝られるし、お金もかからないのに……」

眠くて苛立ってしまい、つい文句を口にしてしまう。

王家の血を引く者はプラチナブロンドで生まれることが多く、私もそうだ。もちろん例外もあるので、できればこの髪色以外で生まれたかった。

プラチナブロンドはこの国では他家に出ることはないので、この髪色=王家の血筋という証（あかし）になる。

絶対に王族だと知られるわけにはいかない。

なぜなら私は王城に住んでいなかった。

街外れにある小さな家で野菜や果物を育てながら、街の人たちの力を借りて生活しているのだ。王族だなんてバレたら、ここで生活できなくなってしまう。

なので毎朝せっせと髪を染めているわけだ。

染めるとしばらくそのままの髪色でいられる染粉ではなく、洗えば取れる染粉を使っているのは、王城から呼び出される可能性がゼロではないから。

王族の証である髪色をわざわざ染めているだなんて知られたら、お父様の機嫌を損ねてしまう。そんなことになれば、報復として何をされるかわからない。

現に二番目の兄はお父様のマントの裾を踏ん付けただけで国外へ追放され、五番目の姉はお父様の嫌いな花を髪に飾っていただけで、今も離宮に閉じ込められて生活している。

王城から呼び出される可能性は限りなくゼロに近いが、絶対にとは言い切れない。

この平和な生活を壊されたくないもの、面倒だけれど仕方がないわ。

目は紫色、これはお母様の遺伝だ。

髪色もお母様と同じ栗色(くりいろ)だったらよかったのに……。

染粉を買うお金がもったいないし、かなり家計を圧迫している。栗毛だったらどんなに節約できたことか。

王城に暮らせることができたのは、十五人目のお姉様までだった。

逼迫した城の財力では子供たち全員の住む場所を用意することも、養うこともできなかったので、子供たちの養育は母方の家に頼ることになった。

私のお母様は男爵家の三女だ。城で側室の侍女を務めている中でお父様の目にとまり、私ができた。

私が五歳になった年に家が没落してしまい、お母様は手持ちの宝石を売り払い、この小屋を買って私を育ててくれた。

生活はいつもギリギリだし、小屋は隙間だらけで冬は寒いし、かといって夏は涼しいわけじゃなくて暑い。不便なことだらけだったけれど、いつも幸せだった。

自分たちで育てた食材で作る料理は美味(おい)しかったし、壊れた家の修理に廃材を集めるのも、それを使って新しい家具を作るのも楽しかった。

身支度を整えてカーテンを開けると、太陽の光が差し込む。

「さて、今日も頑張ろう」

三年前に母が亡くなってからは、一人で暮らしている。

お母様との思い出が詰まったこの家に一人残され、初めは寂しくて泣いてばかりいたけれど、時間が薬になってくれて、今は母を思い出して懐かしいと思うことはあっても、涙が出ることは減った。

ふと玄関の扉の方に目を向けると、足元に手紙が差し込まれていた。

あ、もしかして……。

上等な紙を使った白い封筒には……やっぱり、一番目のお兄様——紋章が押されている。

他の兄姉弟妹とは関わりはないけれど、第一王子のルイお兄様は、お母様が生きている時からこうして連絡をくれる。

『ローゼへ　久しぶりだね。元気かい？　暑い日が続くから、体調を崩さないように、気をつけて生活するのだよ。何か困ったことがあれば、いつもの場所に手紙を置きなさい』

いつもの場所とは、街外れにある大きな木の溝のことだ。そこに手紙を挟んでおけば、ルイお兄様の側近が、彼の元へ運んでくれることになっていた。

短い手紙だけれど、胸が温かくなる。

私に送っているということは、他のきょうだいたちにも送っているはず……いくら短くても、とても大変なはずだわ。

取っておきたいところだけれど、万が一誰かに見られたら大変なのでビリビリに破いて、オーブンの中に入れた。

後で朝食を作る時に火をつけて燃やそう。

スカーフを被って外に出て、井戸から水を汲んだ。

「よいしょっと」

小さな頃はバケツ一つを運ぶのも難しかったけれど、今では余裕で二つ運べるようになった。

夏の日差しで乾いた畑や木たちにたっぷりと水をかけてあげる。

「たっぷり飲んで、美味しく育ってね」

キャベツ、トマト、にんじん、玉ねぎ、ブルーベリー、プラム――暑いのは苦手だ。でも、美味しい野菜や果物がたくさん採れるのは嬉しい。

私は庭で採れる野菜や果物をジャムやシロップに加工して街中にあるお店に卸し、生計を立てている。

一番の人気商品は、プラムのジャム。

この家を買った時に、母と一緒に植えた木だ。実が成るまで四年かかった。

初めは少ししか生らなかったけれど、今ではたくさん実を付けて、私の生活を助けてくれている。

「ローゼちゃん、おはよう。今日もミルク持ってきたよ」

「あ、エマおばさん、おはよう」

「今日も早起きだねぇ！　卵と、マーサの家から分けてもらったとれたてのとうもろこし持ってきたよ」

「サーラおばさん、おはよう。二人とも、ありがとう。うちからはトマトをどうぞ」

毎日のように近所の人が訪ねてきて、こうして物々交換をしている。

「ローゼちゃんが作るトマトは美味しいから嬉しいよ。ありがとね。あ、この前うちの亭主が直した屋根はどう？」

「うん！　もう、バッチリ！　雨漏りしなくなって快適に過ごせてるよ。ありがとう」

「そりゃよかった。また困ったらいつでもいいな。すぐにうちの亭主を向かわせるからさ」

近所に住む人たちは皆とても優しくて、困ったことがあったら助けてくれる。

「そういや、また税金があがるらしいね」

「アレクサンドル様に、三十二人目のお子ができたらしいからねぇ」

「あら、違うわよ。三十一人目でしょ？」

「どうせ三十二人目もすぐにできるんだから、大して変わんないわよ。本当嫌になるわねぇ」

「子ばっかり熱心に作って、国をよくしてくれようとしたことなんて一回もないんだから！　駄目王にもほどがあるわ。高熱でも出して、子種が駄目になりゃぁいいのに」

「あっはっは！　侍女か誰かがきっつい風邪でも移してくれることを期待しようじゃないか。なんならそのままポックリ……なんて流れでもいいね」

父・アレクサンドル王の評価は当然最悪！　もちろん私も身分なんて明かせない。

お母様はここに引っ越してくる時に、自分はとある貴族の屋敷に侍女として勤めていたが、機嫌を損ねて首になってしまった。

私の父親は一緒に働いていた使用人で、病気で亡くなってしまったのだと近所の人に説明したそうだ。

嘘を吐くのは心苦しいけれど、生きていくためには仕方がない。私はここが好きだし、ここ以外どこにも行く場所がない。

没落した際に、お母様は私が城で暮らせるように掛け合ってくれたそうだ。でも、答えは『自力でなんとかしろ』とのこと……。

ということで、絶対この居場所を失うわけにはいかない。

近所の人たちと物々交換をし、食べ頃の野菜と果物を収穫し、家に入った。オーブンに火をつけ、食材の準備を始める。

まずはスープから。

ベーコンとさっきとったトマトと、保存しておいたジャガイモ、少し前に貰ったきのことローリエを入れて、塩で味付け。このベーコンは結構塩気がきついから、少し入れるだけで大丈夫。

そして昨日作っておいたパンを一度軽く焼き、街で買ったチーズを乗せてオーブンへ。

その際にさっきエマおばさんから貰ったとうもろこしの実を芯からそぎ落としてお皿に入れ、一緒に入れる。窓はないから、経験と勘で時間を決めてドアを開ける。

「うん、完璧な焼き具合」

フライパンにバターを敷いて、さっき残しておいたトマトを混ぜた卵でオムレツを焼いた。とれたての卵だから半熟で大丈夫。自家製のトマトソースをかけて完成だ。

「はあ、お腹空いた～……」

家の中に広がるいい香りが、空腹を加速させる。お腹がグゥグゥ鳴って、どんどん大きな音になっていく。

『早く食べたいって、おしゃべりしてるみたいね』

お母様によくそう言われて、笑われたものだ。

できあがった料理をテーブルの上に並べ、グラスの三分の一に自家製プラムのシロップを入れて、井戸から汲んでおいた水を注げばプラムジュースの完成だ。

「いただきます」

野菜スープを木のスプーンですくい、火傷しないように口に運ぶ。優しい味だ。トマトの酸味が口の中をさっぱりさせてくれる。

お腹が温まったところで、とろけたチーズを落としてしまわないよう慎重にパンをかじる。

うん、美味しい。

最初に軽く焼いておいたからパンはカリカリだし、ほんのり焦げたチーズのとろけ具合も絶妙だ。

「ん～……」

美味しくて、思わず声を出してしまう。

スプーンにこぼれない程度のとうもろこしを乗せ、口に運ぶ。

「熱っ」

思った以上に熱かった。

でも、美味しい～！

噛むたびにシャキシャキいい音がして、口の中に甘みが広がる。新鮮なとうもろこしは、あれこれ味付けをせずに、シンプルに頂くのが一番好き。

オムレツはどうかな？

スプーンですくうと湯気がふわりと上がって、そこから半熟の卵がトロリと流れた。

いい眺め……。

トマトソースをたっぷりつけて、口へ運ぶ。

うん、想像通りの味！

トマトソースと卵が口の中で交じり合って、優しい味わいになる。卵には味を付けていない。でも、トマトソースに結構塩気があるからちょうどいい。

プラムジュースには手を付けない。喉が渇いてきたら、スープを飲んで喉を潤わせて、食事の最後に一気に飲み干すのだ。

塩気で満ちていた口の中が一気に甘くなって、デザートを食べたような気分になれる。

「ご馳走様でした」

満腹になると、幸せな気分になる。

自分で作った野菜や果物、大好きな近所の人たちが育てた食材、自分が稼いだお金で買ったもので作るご飯を食べられるのは、とても幸せだ。

「さて、もうすぐ納品時期だし、ジャムとシロップを作らないとね」

素朴で平和なこの生活が好き。

お父様が私のことなんて忘れて、この生活がいつまでも続きますように……というか、これ以上弟妹が増えませんように！

ある日の夜、外からすごい雨風の音が聞こえてきて、目が覚めた。

「ん……」

家の壁は薄いから少しの雨風でも結構な音がするけれど、こんな大きな音が聞こえるなんて珍しい。

野菜たちは、大丈夫かしら……。

様子を見に行ってみようか……いや、でも雨風をしのぐネットは高額で買えないし、見たところでなんの対策もとれない。

「ふぁ……」

気になりながらも眠気に負け、また夢の世界へ落ちていく。でも、また大きな音で目が覚めた。

うぅん……気になるっ！

ベッドから起き上がると、プラチナブロンドの髪がさらりと落ちた。

あ、そうだ。髪……。

夜中だし、こんな天気だから人に会うことはないと思うけれど、一応隠しておいた方がいいよね。

一つにまとめて毛先をナイトドレスの中にしまい、ショールを被る。

うん、これなら見えないでしょう。

ドアを開けると、想像以上に荒れていた。

「ひぃやぁぁ……っ」

思わず悲鳴をあげた。これじゃランプを持っていくのは無理だ。すぐに火が消えてしまう。

幸いにも狭い庭なので、家の明かりを灯(とも)してカーテンを開ければ全体を照らすことができる。

ランプを置いてカーテンを開け、また外へ出た。

「うぅ……っ……酷(ひど)い……」

家から出て数秒で、全身ぐっしょりと濡(ぬ)れてしまった。

これじゃ髪を染めていても、一瞬で落ちたわね……。

濡れたショールは雨でぺったりと髪と身体にくっ付いて、強い風でも吹き飛ぶことはなかった。

収穫前の実や野菜が結構落ちている。でも、添え木をしておいたおかげで、茎が折れているものは少ない。

よかった……。

「後はプラムの木……」

枝が折れていませんように……。

「えっ」

目を疑った。

プラムの木にもたれかかるように、男の人が倒れていたのだった。

「えっ……ええ？」

あんぐりと空いた口に、雨が入ってきたので慌てて閉じる。

な、なんでこんな所に人が……酔っ払い？　こんな暴風雨の時に？

黒のボロボロのロングジャケットを着ていて、フードを深くかぶっているから顔は見えない。

でも、身体の大きさから見て、男性で間違いない。

目を凝らしてみると、わずかに見える肌が血に濡れているのに気付いた。

「だ、大丈夫ですか？」

死んでないわよね⁉

恐る恐る声をかけると、反応はないけれど肩がわずかに上下しているのを確認した。

よかった。ちゃんと息してるわ。

「もしもし！　大丈夫ですか？　もしもしっ！」

ぐったりとして、意識を取り戻す様子がない。

このままにしておいたら、本当に死んじゃうわ。

「しっかりしてください！」

肩を持ち上げて、自分の頭をねじ込んで身体を持ち上げた。すごく重いけれど、持てないこともない。農作業で鍛えておいてよかった。

「ううぅんっ……！」

うなりながら、少しずつ家へ向かう。

この人、身体が熱いわ。熱があるのかしら。早く運んであげなくちゃ！

時間はかかったけれど、なんとか家の中まで運ぶことができた。慎重に下ろすと、フードが脱げた。

「あ……」

短く切り揃えられた太陽みたいな金色の髪、凛々しい眉毛に高い鼻、青ざめたきめ細やかな肌は血に濡れ、形のいい唇は震えていた。

なんて綺麗な人なんだろう。

こんなに美しい男の人は、初めて見た。

思わず見惚れてしまったけれど、ひときわ強く吹いた風の音でハッと我に返る。

額が切れてる。血はここから出ていたのね。

ハンカチで押さえて間もなく、血はすぐに止まった。よかったわ。深い傷じゃなかったみたい。

　濡れたままじゃ体温を奪われる。

　このままじゃベッドにも寝かせられないし、まずは服を脱がせて、着替えさせないといけないわよね。

　男の人の服を私が……？

「……っ」

　いやいや、そんなこと考えてる場合じゃないでしょう！

「ごめんなさい。なるべく見ないようにしますから……」

　濡れた上着を脱がせると、白いシャツの腹部が血に染まっていた。額だけじゃなく、ここも怪我（けが）をしていたのね。

　シャツを脱がせると、お腹の横に傷があった。

　シャツは切れていないのに、どうして肌に傷が？　ううん、そんなこと気にしている場合じゃないわ。

　恐る恐る傷口を拭くと、血の割にはそこまで深くはないようだった。

　何かに引っかかった傷……というよりは、切られたような傷だ。

　内臓が出てなくてよかったわ。

あまりにも出血しているから、最悪の予想までしてしまった。致命傷ではないけれど、酷い傷だ。それにあちこちに古傷もある。

「こっちは……」

下半身に目をやる。

いや、こっちはさすがに……でも、ここも怪我していたら困るし、そもそもぐしょ濡れだし、下半身だけそのままというわけにはいかない。

「ご、ごめんなさい」

また一つ謝り、靴を脱がせて、下も脱がせる。

謝っても聞こえないだろうけれど、ごめんなさいを言わずにはいられなかった。

よかった。足に傷はないみたい。

全身をタオルで拭いて、傷口の手当てをして服を着せた。

サーラおばさんから、おじさんの着なくなった服を貰っておいてよかったわ。

雑巾にする用に貰ったものだ。あちこちつぎはぎだらけだし、手足の丈が全然足りていない。でも、裸よりはいいはずだ。

時間ができたら切って雑巾にしようと思っていたけれど、なかなかできずにいたのよね。運がよかったわ。

お母様のベッドも処分しなくてよかった。これがなかったら、私は床で寝ないといけなかったもの。

額に冷たいタオルを載せて、肩までブランケットをかけてあげる。

「これでいいわ」

身体が熱いのは、雨に濡れたせいか、傷のせいか……。

「くしゅっ」

夏だけれど、濡れたままはさすがに寒い。

バスルームで着替えて、髪を乾かす。

いつ起きるかわからないし、今日は髪を隠して休むことにしよう。

部屋に戻ると、額に載せていたタオルが落ちていたのでまた元に戻す。

「……っ……う……」

さっきより血色はよくなってきているけれど、とても辛そうだ。

「どこのどなたか知りませんが、頑張って……！」

隣にあるベッドに一度横になったものの、気になってなかなか眠れない。

寝てる間に死んじゃわないか気になって、何度も起き上がっては様子を見て、額のタオルを換えた。

この人、一体誰なんだろう。どうして家の前に倒れてたんだろう。

というかこの人、痩せすぎだわ！

筋肉質だけれど無駄な贅肉がないというか、必要な贅肉すらないというか……あばらも浮いてる。

ご飯が食べられない貧しい暮らしをしている……と、考えるのも不自然だ。

雨に濡れてほとんど残っていなかったけれど、香水のいい香りがわずかにした。貧しいのに香水なんて買えるはずがない。

それに爪先だって、肌だって、しっかり手入れされているようだ。

まるで貴族みたい。

でも、我が国には王族以外に、金髪の貴族がいるとは聞いたことがない。

じゃあ、外国人？　でも、どうして……あ、そういえば昨日は建国祭だったわね。王城に招かれた外国の貴族がいてもおかしくない。

でも、どうして、こんな所に？

謎だわ……。

色々考えても仕方がない。真実を知っているのは、本人だけなのだから。

翌日、男の人が倒れていた場所を見ると、剣が落ちていた。

彼のものだろうか。一応拾って、家の中に持ってきた。元気になってグサッ！　なんてことになったら怖いので、一応目につかない場所に保管する。

昼になっても、男の人は目を覚まさなかった。気になりながらも農作業をして、家に戻ってきてもやっぱり眠ったまま……。

ジャムやシロップ作りをしている間、何度も気になって見に行ったけれど、やっぱり起きる気配がない。

そんなことが三日ほど続いた。

「戻りました」

何かしら。この気持ちは……。

家の中に一人じゃないということが温かいというか、素性がわからない見知らぬ人なのに一緒にいるとホッとする。

私、よほど寂しかったのかしら。

農作業を終えて朝ご飯を作っていると、ベッドの軋む音が聞こえた。

「え？」

振り返ると、男の人が起き上がっていた。

「ここは……」

「だ、大丈夫ですか？」

「キミは……う……っ」

　立ち上がろうとして、お腹の横を押さえた。

「無理しちゃ駄目ですよ！　怪我してるんですから」

「怪我……？」

「私はローゼです。あなたは大雨の日に、うちの木の下で倒れてたので、家に運んだんです。何日も眠ったままだったんですよ」

「あ……ああ、そうか」

　彼は頭を抱え、大きなため息を吐く。

「ありがとう。面倒をかけて、すまなかったね」

「いいえ、目が覚めてよかったです」

「すぐに出ていくから……」

　顔を上げた彼の目の色は、深い青――よく晴れた空の色みたいだ。

目を開けると、眠っているときより美しい。

いや、見惚れてる場合じゃない！

「駄目です！　動かないでください！」

思わず声を荒げてしまうと、彼の目が丸くなる。驚かせてしまったようだ。

「あ、大きな声を出してしまって、ごめんなさい」

「いや、とても可憐な見た目だから、大きな声に驚いたんじゃなくて、大きな声を出せることに驚いただけなんだ」

「えっ」

そんなこと、初めて言われた。

目覚めて数分で、こんな甘い言葉が出せるなんて……相当女性慣れした人に違いないわ。

社交辞令だとわかっていても、なんだか照れてしまう。

「……え、えっと、とにかく、今すぐ動くのは無理です」

「でも、キミに面倒をかけるわけには……」

「私のことはどうかお気になさらず。とにかく動いても問題ないぐらいまで元気になってください」

「ありがとう。ケホッ」

彼が喉を押さえる。

「喉が乾きましたよね。今、お水持ってきます」

水差しからグラスに水をそそぎ、彼に渡す。

「はい、どうぞ」

「……ありがとう」

一瞬、表情を曇らせたのがわかった。

彼は水を受け取っても、なかなか飲もうとしない。喉が渇いているはずなのに、どうしたのかしら。

「あの、飲まないんですか？」

気になって聞いてしまうと、グラスを返された。

「これ、飲んでみてくれる？」

「え？」

あ、なるほど。毒でも入っているんじゃないかって心配なのね。

「気分を害したらごめん。毒を盛られたことがあって、誰かに毒味してもらわないと身体が受け付けないんだ」

毒殺を恐れるってことは、やっぱり貴族かしら。

「わかりました」

グラスの水を飲んでみせる。

「これでいいですか？」

「ありがとう。いただくよ」

グラスを渡すと、一気に飲み干した。

私が口をつけたものだけれど、毒殺を恐れているのなら新しいのを……ってわけにはいかないものね。

「おかわりいかがですか?」

「ありがとう」

水差しとグラスを持って彼の待つベッドへ戻った。水差しからグラスに水を注ぎ、飲んで見せる。

「何も入ってないので、安心して飲んでください」

空になったグラスに水をそそいであげると、申し訳なさそうな顔をされた。

「……失礼なことをしてごめん」

「いいえ、気になさらないでください。初対面の人に渡されたものですもの。警戒してもおかしくありませんよ」

「ありがとう。優しい人だね」

「いえ、とんでもないです」

私も一応王族の端くれ。気持ちはわかりますとも。

……まあ、私は兄弟姉妹たちの中で一番身分が低いし、暗殺される価値もないからそんな経験はないけれど。

「えーっと、あなたの名前を伺ってもいいでしょうか」

「……フィンだよ。よろしくね」

呼ぶのに不便だと思って名前を聞いた。でも、初対面の人間に答えるわけがなかった。きっと偽名よね。

「フィン様、よろしくお願いします」

でも、気付かないふりをしなくちゃね。

「今、ちょうど朝ご飯を作っていたんです。フィン様もいかがですか？」

「いや、俺は……」

「えっ！　駄目ですよ。ずっと何も召し上がっていないんですから！　今、準備してきますから、待っていてください」

小さい頃、高熱を出して何も食べられなかった後、お母様の言うことを聞かずに駄々（だだ）をこねてたくさん食べて、具合が悪くなったことを思い出す。

ずっと食事をとっていなかったのに、いきなり普通の食事は胃が驚いてしまうかもしれないからスープだけの方がいいわよね。

今朝はミルクスープを作った。ジャガイモとベーコンとエマおばさんから貰ったミルクで作った私の大好きなスープだ。

あ、そうだわ。

棚を開けて一番奥にしまっていた箱を取り出す。中身は銀のカトラリーだ。

私が生まれた時、お祖父様が買ってくださったもの。

売れば結構な値段になったはずだけれど、お母様は自分の宝石を一つ残らず売ったのに、これは売らずにとっておいてくれた。

「ミルクスープです。ゆっくり飲んでくださいね。それからこれは、銀のスプーンなので、安心して召し上がってください」

銀は毒に反応して黒く変色する。毒殺を恐れて、王家では銀器を愛用しているらしい。

お父様は恨みを買ってるから、いつ殺されてもおかしくないものね。

「えっ……ありがとう」

彼にスープを渡して、自分の分も用意する。

私はミルクスープと、焼いたソーセージとたっぷりのレタスを挟んだパン、それにゆで卵とトマトのサラダをトレイに載せてテーブルに持って行こうとしたところで思い出す。

そういえば私が熱を出して寝込んでた時、ベッドで一人、食事をとるのが寂しくて、お母様にお願いして一緒に食べてもらったっけ……。

　行き先を変えて、フィン様の元へ向かう。ベッドの横に置いたテーブルにトレイを乗せると、彼が目を丸くする。

「一緒に食べてもいいですか？」

「あ、うん、もちろん」

「ありがとうございます。いただきます」

　毒が入っていないことを証明するため、ミルクスープから口にした。

　スープの味付け、バッチリ。ベーコンからいい味が出てる。

　火傷しないように息をかけて少し冷ましてから、今度はジャガイモを齧る。

　表面は冷めても、中は熱い。そしてホクホク。

　火傷しないようにジャガイモを咀嚼する瞬間、幸せを感じるのはどうしてだろう。

　今度はベーコン、結構煮込んだけれど、噛むと肉汁と共にちゃんと味が出てくる。旨味と肉汁でいっぱいになった口の中にスープを流し込む。

「ん～……」

　美味しくて、思わず声が漏れる。

　寒い日に飲む温かいスープはもちろん美味しいけれど、暑い中で飲む温かいスープもまたいい。

銀のスプーンもあるし、これで毒が入っていないことはわかったわよね。

パンを齧ると、ソーセージがパキッといい音を立てた。

少し焦げがつく程度に焼いたから、香ばしくて美味しい。たっぷり入れたレタスもシャキシャキしていて、楽しい食感だ。

視線を感じて顔を上げると、フィン様がジッと見ていた。

「フィン様？」

まだ、毒を疑っているのかしら。

「あ、ジロジロ見てしまってすまないね。美味しそうに食べるなぁと思って」

「そ、そうですか？」

なんだか気恥ずかしくなってしまう。

そういえば、お母様や近所の人たちにもよく言われる。

同じ年頃の男性に言われたこともあった。でも何も思わなかったのに、どうしてフィン様の時だけはこんな気持ちになるのだろう。

フィン様はスプーンですくいあげると、まじまじと眺めて口にした。

お口に合うかしら。

自分では美味しいと思っているけれど、人に食べてもらう時は緊張する。

「……美味しい」

よかった！

「お口に合ってよかったです」

「何かを美味しいと思うのは初めてだ」

「ふふ、ありがとうございます」

初めてだなんて大げさだ。でも、美味しいと思ってもらえるのは嬉しい。

「ごめん。ずっと俺がベッドを占領していたから、不便な思いをさせてしまったね」

「あ、いえ、ベッドはもう一つあるので、大丈夫ですよ」

「でも、二人で使うのは狭かっただろう？」

「え？　あっ」

そっか、ベッドが二つあるから、一人暮らしだと思っていないのね。

「私は一人で暮らしているんです。ベッドが二つあるのは亡くなった母のものです」

「あ……そうだったんだ。辛いことを言わせてごめん」

心から申し訳なさそうなお顔だった。

この人、きっと優しい人だわ。

「いえ、大丈夫ですよ。亡くなったのは、三年も前ですから。気持ちに整理はついています」

「三年前？　じゃあ、それからずっと一人で？」

「はい、そうです」

「そうだったんだ……大変だったね」

「はい、でも、近所の方々が助けてくださったので、なんとかこうして生活しています。あ、このスープに使っているミルクも近所の人に分けていただいたんですよ」

悲しくてご飯も食べられずに引きこもっていたら、「一人じゃない。私たちがいるからね」とみんなが助けてくださった。

「へえ、いい人たちなんだね」

「はい、とても」

「あ、じゃあ、俺のことを助けてくれたのも、近所の人が？」

「いえ、私一人です」

そう答えると、フィン様がギョッと目を見開く。

「……え!?　キミ一人で運んだの？」

「そうです」

「冗談だよね？」

「本当ですよ。ちょっと時間がかかってしまいましたけれど……」

わけありみたいだったから、フィン様のことは誰にも言っていない。

「驚いた。キミはすごい人だね」

「農作業で鍛えていますから」

「農家なの？」

「いえ、自分で食べられる分だけしか作っていないので、家庭菜園というところでしょうか」

「すごいなぁ……あ、じゃあ、このジャガイモはもしかして……」

「はい、私が作りました」

「本当にすごいなぁ……スープもキミの育てたジャガイモも美味しいよ」

「ありがとうございます」

フィン様は自分の食事そっちのけで、私が食べている姿を見ている。

「あの？」

「あ、ごめん。たくさん食べているから、見ていて気持ちがいいなぁって」

「……っ……す、すみません。私、よく食べる方で……」

「どうして謝るの？　健康的でとてもいいことだと思うよ」

恥ずかしくて食べにくい……でも、せっかく作ったし、残すわけにはいかない。

「その、恥ずかしくて……」

「全然恥ずかしくなんてないよ。さあ、食べて」

「は、はい……」

また食べ始める私を見て、フィン様は満足そうに笑う。

「うう、見ないでください……」

「あはは、可愛(かわい)いね。……うっ」

フィン様が眉を顰(ひそ)め、腹部の傷を押さえる。

「大丈夫ですか⁉」

「うん、大丈夫」

あれだけの深手だったのだ。治ってきているとはいえ、大丈夫なはずがない。

「ごめんなさい……ルチル国では貴族しか医師に診てもらうことができないので、私が治療したんです」

正確に言うと、〝お金を払うことができる貴族〟だ。私は王族だけれど、お金がないから診てもらうことはできない。

だから、国民はバタバタ亡くなっていく。医師に診てもらうことができれば、治る病気もたくさんあるのに……。

私が高熱を出した時もそう……ルイお兄様が助けてくださったおかげで診てもらえたけれど、もし彼がいなければ死んでいたかもしれない。

今回もルイお兄様を頼れば、医師に診せてもらえたかもしれないけれど……。

「いや、むしろ助かったよ。身元を知られたくなかったから」

やっぱり、わけありよね。

医師に診せれば、フィン様にとってまずい状況になるんじゃないかと思ったから、悩んでいたのだ。

「三日前、酷い嵐で……庭の畑が心配で外に出たら、フィン様が倒れていたんです。何があったかは、聞かない方がいいです……よね？」

「……うん、ありがとう」

「わかりました」

フィン様は驚いた表情を見せる。

「いいの？　普通、気になったりしない？」

「人には誰だって知られたくないことの一つや二つ、あるものですから」

私だってそうだ。姫であることを誰にも知られたくない。

「キミにも？」

「もちろんです」

「へえ、興味深いな。どんなことを隠してるのか気になるね」

「ご自分はお話してくださらないのに、私だけなんて不公平ですよ」

「あはは、そうだね。とても気になるけれど、俺が聞いてはいけないね。……ところでここは、どの辺りなのかな？」

「街から少し外れた場所です。馬車で三十分くらいでしょうか」

「そっか……すぐに食べ終えて出て行くよ。色々とありがとう」

「そんな身体で出て行ってどうするんですか？　その髪色、ルチア国の方ではないですよね？　お連れの方は？　国内に頼れる方はいらっしゃるんですか？」

質問責めにしてしまうと、フィン様がにっこり微笑（ほほえ）んだ。

ああ、いないんだ。

「駄目です。こんな体調で出て行って、途中で倒れたらどうするんですか。せめて怪我が治ってからにしてください」

「でも、これ以上ローゼに迷惑をかけたくないんだ」

「無理して倒れる方が嫌です。元気になったらお好きにしていただいて構いませんので、今は何も考えずにご自分の身体を治すことだけに専念してください」

この人が誰なのか、どんな事情があるのか、どうしてこんなことになったのかはわからない。

でも、助けたからには、知らないふりなんてできない。

フィン様は私の目をジッと見てくる。

綺麗な目だなぁ……。

思わず見返すと、やがて彼が柔らかく微笑んだ。

「じゃあ、ローゼの優しさに甘えて、回復するまではお世話になろうかな」

「はい、そうしてください」

「キミ、お人よしって言われない？」

「いえ、一度も言われたことないですよ？」

「ん？　お人よしって言い方はあんまりよくないな。天使みたいに優しいとは言われるだろう？」

「い、言われません」

「おかしいなぁ……絶対に言われていると思ったのに」

「あ、あんまりからかわないでください」

これからずっと一人で暮らして行くと思ったのに、まさか見知らぬ人と暮らすことになるなんて思わなかった。

翌日、フィン様は少し起き上がることができるようになって、ダイニングテーブルで一緒に食事ができるようになった。

「フィン様、今日からはスープだけじゃなくて、パンも召し上がってくださいね」

「自分で作ったの？　すごいね」

「今、毒味しますから……」

持つのも大変なぐらい熱々のパンを一口分にちぎると、湯気があがる。まだ食べてないのに、香りですでに美味しい。

出来立てのパンは、熱々が一番！

お店で焼きたてを買っても、食べる頃には冷めてしまうから、こうして本当の出来立てを食べられるのは手作りだけ。

「いただきます……ん、熱っ！」

口の中に放り込むと、想像以上の熱さで声を上げてしまう。

「大丈夫⁉」

「表面は触れられるぐらいの温度だったんですが、中がすごく熱くて」

「舌は大丈夫？　見せて？」

「いえ、ちょっとだけなのでたいしたことないです」

「本当に？　見せて」

舌を出して見せると、フィン様が覗き込んできた。

「赤くなってるね。でも、そこまで酷くなくてよかった」

「はい」

舌を引っ込めると、フィン様がクスッと笑う。

どうして笑うのかしら？

「あの？」

「小さい舌で可愛いなと思って」

「確かに、自分の舌がどんな大きさなのかってあんまり意識したことなかったです」

「あっ！　それよりも、食べてください！　焼きたてのパンは熱々の方が美味しいので、早く召し上がってもらいたくて。どうぞ」

毒味の済んだパンを手渡す。

「あっ……本当にすごく熱いね」

「気を付けて召し上がってくださいね」

フィン様は一口大にちぎり、少しだけ時間をおいてから口に運ぶ。

動作の一つ一つに気品を感じる。

「美味しい……」

「よかったです」

誰かに美味しいって言ってもらうのって、すごく嬉しい。

自分の分のパンを手に取り、プラムのジャムを付けて食べる。

うん、やっぱり美味しい。

「プラムのジャムもどうぞ。これはフィン様が倒れていた木に生っていたプラムなんですよ」

「え、そうだったんだ」

「はい、この家を買った時に、母と一緒に植えた大切な木なんです。そのまま食べても美味しいので、もう少し回復したら、デザートでお出ししますね」

「そんな大切な木の前で倒れてたんだ。悪いことをしたね」

「いえ、気になさらないでください。フィン様がご無事でよかったです」

もしかしたら、お母様が守ってくださったのかも……なんて。

「プラムのジャムも美味しいね」

「よかったです。今日よりも体調がよくなっていたら、明日はパン以外も食べましょうね」

「え、これ以上？」

「えっ」

　これ以上って……。

　フィン様には、トマトスープとパンしか出していない。ちなみに私はといえば、それと一緒にチーズ入りのオムレツとサラダを食べている。

「トマトスープとパンだけ……ですよ？」

「うん、いつも以上に食べているよ。ローゼの作る料理が美味しいからだね」

　普段、一体どんな食生活を送っているの……⁉

「あの、ご冗談……ですよね？」

　恐る恐る尋ねる。冗談であってほしい。

「本当だよ？」

　ええー……！

「ちなみに、普段はどんなものをどれくらいの量召し上がっているんですか？」

「そうだなぁ……朝は食欲がないから、まず食べない」

「た、食べない……」

「昼はパン」

「パンと？」

「パンだけだよ。毒殺防止用に魚を飼っているから、その魚に食べさせて、無事だったら口にしてる」

「ど、どうしてパンだけなんですか？」

「片手で食べられて楽だから」

好き……というわけではないのね。

「他に何か食べたいと思うものはないんですか？」

「うん、ないよ。食べることがあまり好きじゃないから、ただ空腹を埋められればいいだけなんだ。品数が増えると、それだけ毒が入っているか確認しないといけないから面倒だしね」

毒を入れられたことで、食べること自体が嫌いになってしまったのかしら……。

「それで夜は昼に半分残したパンを食べる」

「ええっ！　またパンですか⁉」

「そうだよ。もう安全性は確認されてるから、魚に毒味させる必要もないしね」

「えっと、じゃあ、一日にパン一個しか食べていないってことですか？」

「そうだよ」

痩せていた理由がようやくわかったわ……。

「そんな食生活では身体を壊してしまいますよ。お食事が好きじゃなくても、しっかり召し上がってください」

「心配してくれるんだ？　ありがとう」

「お礼はいいので、ちゃんと召し上がってください」

「わかったよ。……うん、自宅で食べていたパンより、ローゼの作ったパンの方が美味しいよ。今まで食べてきたパンの中で一番美味しい」

「ありがとうございます。やっぱり、焼き立てのパンは美味しいですよね」

　初めて焼きたてのパンを食べた時は、とても感動した。

「いや、昨日食べさせてくれたパンも美味しかった。あれは焼きたてじゃないよね？」

「はい、あれは前の日に焼いたパンです」

「ほら、やっぱりローゼが作ってくれたパンが美味しいんだ」

「あ、ありがとうございます」

　嬉しいなぁ……。

　照れくさいのを誤魔化(ごまか)すようにオムレツを食べ進めていると、フィン様がジッと見てくる。

「あ、あの？」

「美味しそうに食べるなぁと思って。俺、ローゼが食べるのを見るのが好きみたいだ」

「え、ええ？　私はなんだか、恥ずかしいんですが……」

「純粋に美味しそうに食べてる姿もいいけれど、照れる姿もまたいいよ」

からかわれているような……。

「わ、私ばかり見ていないで、フィン様も召し上がってくださいね？」

「うん、ありがとう」

ああ、美味しいなぁ……。

一人じゃない食事は、いつもと同じ食事でもうんと美味しく感じた。

「じゃあ、私は農作業をしてきますから、フィン様はゆっくり休んでいてくださいね」

「うん、ありがとう」

フィン様が休んでいる間、私はいつも通り農作業をしたり、ジャムやシロップを作った。

どうしても物音を立ててしまうので、うるさくしてごめんなさいと声をかけたら、その音が落ち着くと言ってくれる。

素性はわからないけれど、穏やかで、優しい人だ。

私もフィン様がいてくれると、一人の時よりも落ち着く。背中に誰かの気配を感じるのは、なんだか胸の中が温かい。

「見えてないかしら……」

入浴を済ませ、私は鏡の前で色んな角度から頭を確かめる。

あっ……一本はみ出てる！　隠さなくちゃ！

フィン様との暮らしでの問題は、この髪の毛だった。

一日中染めているわけにはいかないから、洗った後はまとめて服の中に入れ、スカーフを被った。

昨日は私より先に休んだから何とも言われなかったけれど……。

「え、その頭、どうしたの？」

やっぱりそうなるわよね……。

「実は私、小さい頃から白髪が生えてるんです。それが気になっていつも染めているんですけれど、寝てる時はさすがに落とさないといけないので」

近所の人にも話している嘘だ。染めているとどうしてもわかるので、周りにはそう説明して誤魔化している。

たまに「白髪にはこの食べ物が効くらしいよ」と色々貰うことがあるので、ただでさえ嘘を吐くのは心苦しいのに、そういう時はさらに申し訳なく思う。

「そうなんだ。気にしなくていいよ」

「いえ、どうしても気になるので。じゃあ、おやすみなさい」

寝ている間にスカーフが取れるといけないので、布団を頭からかぶる。

「苦しくない？　しかも夏だし、暑いよね？」

「少し苦しいですけれど、大丈夫です」

「それ、大丈夫って言わないよね？」

「気になさらないでください」

髪のことだけが大変だったけれど、他は全く問題がない。

ううん、むしろ……いてくれることで、胸の中が温かかった。

お母様が亡くなってからというもの、胸の中にぽっかりと穴が開いたようだった。

普段は何かしらで埋まっている。でも、夜になるとその穴が開いて、自分ではどうしようもできない虚（むな）しさを感じていた。けれど、フィン様と暮らすようになってからはそんなことはなくなった。

誰かと一緒に暮らすって、とても幸せなことだわ。

フィン様と暮らし始めて一週間、事件は私のドジによって起きた。

「あっ」

「えっ？」

地毛を隠していたスカーフが毛羽立った壁に引っかかって、自ら髪を晒してしまったのだ。

慌てて隠し直したけれど、もう遅い。

「その髪色は……」

ああ、やっぱり見られてしまった。

「……嘘を吐いてごめんなさい。実はこれが地毛なんです」

「プラチナブロンド……確か、ルチル国の王族にしか生まれない髪色だよね？」

「はい、私は二十五番目の姫です」

もう、言い逃れはできない。私は覚悟を決め、答えた。

「姫のキミがどうして護衛や侍女も付けず、こんな所に一人で暮らしているの？」

「それは……」

「あ……でも、話したくないのなら、言わなくても大丈夫だよ。俺のことも聞かないでくれているしね」

フィン様は恐らく他国の人間、ルチル国の姫として、自国の恥を晒すようなことをしない方がいいと考えるのが当然なのだろうけれど……。

なぜだろう。フィン様に、聞いてほしいと思っている自分がいる。その衝動をどうしても押さえられない。

「いえ、お話します」

私はフィン様に今までのことをお話することにした。

「よく頑張ってきたね」

「え？」

「まだ子供なのに、よくこんなに頑張ってきたよ」

「いえ、でも、周りの人が助けてくださったから……」

「でも、周りはキミが姫だってことを知らない。髪色を隠して、姫だってことを知られないように暮らすなんて相当大変だっただろう？」

「あ……いえ……」

大変だった。みんなに知られたらどうしようって常に怯(おび)えて、何度も悪夢を見た。

「偉かったね。よく頑張っているよ」

涙が出てきた。

「……っ」

泣かないように力を入れても、結局は零(こぼ)れてしまう。

泣いているところを見られるのが恥ずかしくて背中を向けると、後ろから頭を撫でられて、ますます涙が出てくる。

フィン様は私の涙が止まるまで、ずっとこうして頭を撫でてくださった。

「落ち着いた？」

「はい……すみません。泣いてしまって……」

たくさん泣いたせいで目が熱い。それに鼻がツンとする。

「謝ることじゃないよ。えーっと、じゃあ、ローゼは偽名？」

「いえ、本名です」

「え、大胆だね？」

「ありふれた名前ですし、たくさん姫がいるので、名前から身元が知られることはまずなさそうだと思いまして」

「なるほど」

時計を見ると、もう日付が変わっていた。

「怪我人なのに、こんな遅くまでごめんなさい。もう、休みましょうか」

この日以降、私はフィン様の前で髪を隠すのをやめた。

「せっかくの綺麗な髪なのに、染めて隠すなんて勿体ないね。それに大変そうだ」

「朝、髪のために時間を取られるのが辛いですね。お母様は栗毛だったので、その髪色が遺伝してくれたらよかったんですけれど……」

「あ、後ろを染めるの手伝うよ。貸して」

「えっ！　大丈夫ですよ。後ろも自分でできますから」

「いいから、ほら」

フィン様は私からブラシと染粉を取り、後ろを染めてくれる。

お母様によくこうして染めてもらったわ……。

「綺麗だなぁ……毎朝染めてるのに、全然傷んでないね」

「そ、そうでしょうか」

「うん、すごく触り心地がいいよ」

なんだか懐かしい気持ちになるのと同時に、くすぐったい気持ちになった。

「あ、ありがとうございます……」

声が上擦ってしまって恥ずかしい。

目の前にある鏡越しにフィン様と目が合うと、頬が熱くなる。

髪の毛に神経なんて通っていないはずなのに、細かな神経が通っているように思えてきた。

彼の長い指が触れるたびに、身体が動いてしまいそう。

「うん、綺麗に染められた」

「ありがとうございます。今日はフィン様が手伝ってくださったから、いつもより早く終わりました」

「よかった。じゃあ、ここにいる間は毎朝手伝うよ」

「あ……」

ここにいる間――。

そうよね。いつかフィン様は出ていってしまうんだわ。

当たり前のことなのに、寂しくて胸が苦しい。

「ローゼ？」

「あ、いえ、なんでもありません。でも、毎朝早いですし、申し訳ないなぁって」

「平気だよ。俺、朝は結構強いんだ」

「私は朝が弱いので羨ましいです」

今日の朝は、チーズとジャガイモをたっぷり入れたオムレツにしよう。

チーズは高いからいつもはたくさんなんて使えないけれど、今日だけは特別。トマトソースをたっぷりかけて、それから……。

なんだか泣きそうになってしまって、必死に楽しいことを考えて持ちこたえた。

日が経(た)つにつれてフィン様は元気になっていって、ベッドから起き上がって農作業を手伝ってくれるようになった。

「農作業って思った以上に大変だね。でも、すごく楽しいよ」

「よかったです。でも、他の方に見られても大丈夫ですか？」

ルチル国では金色の髪を持つのは王族しかいないので、誰かに見られた時のことを考えて、フィン様にも黒染めをしてもらっている。

「誤魔化すから大丈夫だよ。この草、むしっても大丈夫？」

「あ、それはハーブなので、隣の草をお願いします」

「え、これハーブなんだ？」

「昨日のサラダにも入れました」

「え、本当に？　色々野菜が入っていたけれど、どれだったんだろう」

「爽やかな味がして美味しいって言ってました。覚えてますか？」

「ああ、あれか！　すごく美味しかったなぁ」

「ふふ、じゃあ、今日も入れますね」

一人でする農作業より、フィン様とお喋(しゃべ)りしながらする方がうんと楽しい。

綺麗だなぁ……。

汗や土にまみれながら作業する姿も麗しい。

「王子様みたい」

「え？」

フィン様の目が丸くなったことで、声に出していたことに気付いた。

は、恥ずかしい……！

顔が見る見るうちに熱くなる。

「あっ……ご、ごめんなさいっ！　あの、フィン様はすごく綺麗だから、王子様みたいだなぁって思って……」

「ああ、びっくりした。あはは、なるほど、そっか、ありがとう。でも、ローゼの方がうんと綺麗だよ」

「えっ！　い、いえ、私なんてそんな……」

お世辞だとわかっていても、顔が熱くなる。

なんて言ったらいいのかわからずに、フィン様がクスクス笑う中雑草をむしっていると、遠くから足音が近付いてくるのが聞こえて顔を上げた。

エマおばさんだ。私に気が付くと、手を振ってくれる。

「フィン様、エマおばさんです」

私は立ち上がり、エマおばさんに手を振り返しながらフィン様に小声で話す。

「ああ、毎朝ミルクをくれる人だね」

「はい、その通りです」

他の方に見られたら誤魔化すって言っていたけれど、大丈夫かしら……。

「ローゼちゃーん」

「エマおばさん、こんにちは」

「親戚から美味しいチェリーをたくさん貰ったから、ローゼちゃんにもお裾分けを……と思ったんだけれど、ちょっと！　その男前はどうしたんだい？」

「あっ……エマおばさん、えっと、この方は……」

フィン様が立ち上がり、にっこりと微笑んだ。

「こんにちは、俺はローゼの遠い親戚のフィンっていいます」

「あら！　まあまあ、そうだったの」

「俺が父親と喧嘩(けんか)して飛び出してきたので、少しの間お世話になってるんです」

「そうだったの。まあ、喧嘩しても、親子は親子なんだから、大丈夫！　きっと仲直りできるわ」

「はい、ありがとうございます」

すごい。誤魔化せたわ。

「明日からは持ってくる牛乳の量を増やしてあげようね」

「いいんですか？」

「もちろんだよ。……いやあ、あたしはてっきり、ローゼちゃんにいい人ができたのかと思ったよ」

「ち、違います！　フィン様……いえ、フィンは……そんなんじゃ……」

あからさまに慌ててしまうと、エマおばさんがにたりと笑う。

「おやおや？　ローゼちゃん、もしかして……」

「まあ、遠縁だし、全然結婚しても問題はないよね」

「なっ……フィンさ……もう、フィン！」

私が怒ると、二人は顔を見合わせクスクス笑う。まるで私よりも長い付き合いがあるみたいな息の合い方だ。

ああ、からかわれているわ……。

「そろそろ寝ましょうか」

「うん、そうだね」

明かりを消して、少しお喋りしてから寝るのが日課になっていた。その時間がとても楽しみで、でも、いつも私が途中で寝てしまう。

「農作業、楽しかったなぁ……明日も手伝っていい？」

「私は助かりますけれど、無理はしないでくださいね。まだ怪我が完全に治ってないんですから。傷口が開いたりしたら大変です」

「うん、ほどほどにするから心配しないで」

「本当に大丈夫ですか？」

「大丈夫だよ。ずっと寝たままだと背中に根が生えそうだし、あれくらいは動かないと逆に不健康だからね」

フィン様は日に日に元気になってきて、食事もしっかりとってくれているから、顔色も随分よくなった。

別れの日は、きっと遠くない。そう思うと胸が苦しくなる。

「うぅ……」

またいつの間にか眠ってしまうと、うめき声が聞こえてきて目が覚めた。

何……？

身体を起こすと、フィン様がうなされていた。

「う……ん……やめろ……」

悪夢を見ているのかしら……。

暗いけれど目が慣れているから、うっすら表情が見える。とても苦しそうだ。

起こさなくちゃ……！

「フィン様、大丈夫ですか？　フィン様……」

身体を揺り動かすと、腕を掴（つか）まれた。

「誰だ？」

聞いたことのない低い声に驚いて何も言えずにいると、一瞬でベッドに押し倒された。

「……っ……フィン様……？」

声が震えてしまう。

その声を聞いて、私の腕を掴んでいたフィン様の手がすぐに離れた。

「あ……っ……ローゼ……ごめん……俺、寝ぼけて……今、退くから」

フィン様はすぐに避けると、私の手を取って起こしてくださった。

「わ、私こそごめんなさい。うなされていたので、起こした方がいいかと思って……」

声が変に上擦ってしまう。それに心臓の音がすごく速い。

「そうだったんだ。起こしてくれたのにごめんね。あ……俺が掴んだ腕、痛くない？」

痛くはない。でも、感触が残っていて、やけにそこを意識してしまう。

「はい、大丈夫です」

「そっか、本当にごめんね……」

フィン様は私の隣に腰を下ろし、頭を抱えて大きなため息を吐いた。

「嫌な夢を見ましたか？」

「うん……ちょっと、昔の夢をね。起こしてごめん。休もうか」

「いえ……」

再びベッドに入るけれど、フィン様はなかなか寝付けないみたいだった。

悪夢を見た後って、なかなか寝付けないのよね。寝たらまた悪夢を見るんじゃないかって思うと余計に……。

私はベッドから出てランプを点け、キッチンに立った。

お湯を沸かして、まだフィン様が起きている気配を感じながらティーポットにお湯を注ぐ。

「フィン様、起きていますよね？」

「うん？」

「よかったら、お茶にしませんか？　とっておきの茶葉で淹れたんです」

「とっておきの茶葉？」

「はい、お花のお茶なので、寝る前に飲んでも目が冴えたりしないので安心してくださいね」

ベッドの隣にあるテーブルにお茶を運び、彼の反応を楽しみにしながらティーカップにお茶を注ぐ。出てきたお茶の色は……。

「えっ！　青？」

「はい、青い色のお茶なんです。この青は人工的に着色しているのではなくて、お花の色なんですよ」

ポットの蓋を開けて見せると、フィン様が目を丸くして驚く。

「へえ、花の色……こんなに鮮やかな色が出るんだ。綺麗だね」

「綺麗ですよね。私も初めて見た時には驚きました。見た目はもちろん、美味しいお茶なので、気持ちをあげたい時に飲むんです」

高くてなかなか手が出ないから、少しだけ買っておいた茶葉……いつかとても気持ちが落ち込んだ時に飲もうと、大切にしまっていたものだ。

取っておいてよかった
「……気を遣わせちゃったね」

「いいえ、私もちょうど温かいものが飲みたいなって思ってたんです」

あ、銀のスプーンを忘れちゃったわ。

「ちょっと待っていてくださいね」

キッチンに取りに行き、フィン様に差し出す。でも、彼はそれを受け取ろうとしない。

「フィン様？」

「もう、必要ないんだ」

「えっ」

それは私を信用してくれたということだろうか。

「わ、わかりました」

聞き返すのが気恥ずかしくて、それだけしか言えなかった。

「今まで嫌な思いをさせてごめんね」

「いいえ、そんな」

やっぱり信用してもらえたんだ。

嬉しさのあまり、にやけてしまいそうになる。お茶を飲むことでなんとか隠し、誤魔化すことができた。

「ベッドで飲むの？」

「はい、深夜のお茶会では特別です。どうぞ、召し上がれ」

「ふふ、そうなんだ」

独特な味だから、好き嫌いが分かれると思うけれど、フィン様はどうかしら。

「いかがですか？」

「あ、美味しいね。あれ？　なんだか豆の味がする気が……」

「当たりですよ。豆のお花なので」

「やっぱり、豆ってわかったら、ますます豆の味がする。なんだかホッとする味だね。すごく美味しいよ」

「お口にあってよかったです。お菓子もどうぞ」

「これは？　ドライフルーツかな？」

「はい、プラムを乾燥させたものです。ハーブティーにドライフルーツはよく合うので」

「へえ、そうなんだ。プラムってあの木の？」

「そうです。何もせずに食べるのも美味しいんですけれど、こうして乾燥させても甘みが強くなって美味しいんですよ。召し上がってみてください」

フィン様はプラムを一口齧ると、目を見開いた。

「本当だ。すごく甘みが強くなっていて美味しいね」

「ふふ、よかったです。これと一緒なら、お茶に砂糖を入れなくても美味しく頂けますよ」

「ローゼは何でも知っていてすごいなぁ。尊敬するよ」

「い、いえ、そんな。食べ物のことばかりで恥ずかしいです」

「いやいや、すごいことだよ。ここに来てから色々勉強になったし、今までは食べ物に興味なんてなかったけれど、今はすごく興味が出てきた」

「それはよかったです。これからはしっかり召し上がってくださいね」

一日にパン一つだけなんて、今はよくても、絶対に身体を壊してしまうもの。

「そうだね。毒を入れられたくなかったら、自分で作ればいいんだ。どうしてそんな簡単なことに気が付かなかったんだろう。これからは俺も料理に挑戦してみようかな」

「ぜひ！　お料理は楽しいですし、気分転換にもなると思います」

「ローゼは料理が好き？」

「はい、とても」

「そっか、俺にもできるかな？」

フィン様はベッドから起き上がれるようになってから、農作業だけじゃなく、料理の手伝いもしてくれていた。最初は拙い手付きだったけれど、日に日に上達している。きっと元々器用な方なのだろう。

「ええ、もちろん。フィン様は手先がお器用なので、美味しい料理が作れるはずですよ」

「ローゼのお墨付きなら、間違いないね」

フィン様が笑ってくださった。

少しは気分が晴れていたらいいけれど……。

「作らなくても、パン一つだけでは毒に侵されるよりも先に身体を壊してしまいますよ。銀の食器やお魚に安全なものか確かめてもらって、しっかり召し上がってください」

「うん、わかった」

「約束ですよ？」

「うん、約束する」

フィン様がハーブティーを飲む姿はとても優雅で、絵画のようだ。つい見惚れていると、目が合ってにっこりと微笑まれ、顔が熱くなる。

「ローゼ、ありがとう」

「え？　何がですか？」

「あのままじゃ、朝まで眠れそうになかったから」

思いきってお茶に誘ってよかった。

「……見たくない夢って、どうして繰り返し見てしまうんだろう」

「わかります。嫌な夢ってなぜか繰り返し見てしまいますよね」

「ローゼも？」

「はい……私は周りの人に素性を知られて、ここに居られなくなる夢を見ます」

「ああ、そっか……」

「どうせ見るのなら、楽しい夢を見られたらいいんですけれどね」

「そうだね。ローゼは何の夢が見たい？」

「えーっと……」

すぐに思い浮かんだのが、こうしてフィン様と楽しくずっと一緒に暮らすことだった。

どうして、私……。

そんなこと気恥ずかしくて言えるわけもなく、私はフィン様に質問をし返すことにした。

「……っ……す、すぐには、思い浮かばないですね。フィン様は？」

「俺はローゼとずっとこうやって楽しく暮らす夢かな」

「えっ」

フィン様も……？

「今までは日々をどうやって生き抜くかばかりを考えて、常に気を張って生きてきたけれど
……ローゼと一緒に過ごしていると落ち着くんだ。心の中が温かくて、穏やかで……自分がこ

んな風に過ごせるだなんて、思っていなかった」

顔が熱い。嬉しいのに、なぜか泣きそうになってしまう。

夢じゃなくて、現実にしたい。フィン様にずっとここに居てほしい。彼もこう言ってくれているのなら、お願いしたら叶(かな)わないだろうか。

「……じゃ、じゃあ、ずっとここで一緒に……」

そこまで言ったところで、フィン様の表情が曇ったのがわかった。

私、何を言っているんだろう。叶うわけがない。

「あ、あは、なんて……冗談です」

「ローゼ……」

「変なことを言ってしまってごめんなさい。私、冗談が下手なんです。あは……」

何の力もない。いつ破綻するかもわからない二十五番目の姫の私の元で、元の暮らしを捨てて一緒に居てほしいだなんて、誰だって断るに決まっている。

わかっているけれど、胸が苦しい。

「ローゼ、きっと勘違いしていると思うんだ。俺もそうしたいんだけれど、でも……」

「やだ、本当に冗談ですから、まじめに取らないでください」

ずるい逃げ方……でも、そうでもしないと、泣いてしまいそうだった。

ふと、小皿に乗せていたレモンに目がいく。

あ、そうだわ！

「フィン様、このお茶はレモンの絞り汁を入れると、不思議なことが起きるんですよ」

「不思議なこと？」

「カップの中のお茶を見ていてくださいね。一瞬ですから」

フィン様の注目を集め、自分のカップにレモンを絞って入れる。すると一瞬で青い色から紫色に変わった。

「え、すごいね。魔法みたいだ」

「不思議ですよね。私は味もこっちの方が好きです。フィン様も入れますか？」

「うん、入れてみたい」

フィン様のカップにもレモンを絞って入れる。

どんな反応をされるかしら……。

カップを見ているふりをして、彼の方を見た。目を輝かせて紫色になる瞬間を眺めている姿が可愛くて、口元が綻ぶ。

話しを変えられたし、可愛い姿も見られたし、レモンがあってよかったわ。

「本当にすごいなぁ……」

「どうぞ召し上がってみてください」

「うん……あ、俺もこっちの方が好きだな。爽やかな味がする」

「一緒ですね」

「ローゼは寝ていたのに、俺のせいでこんな真夜中に起こしてごめんね」

「お気になさらないでください。それに私はよかったです」

「よかったって？」

「真夜中のティータイムって、なんだか特別でワクワクしませんか？」

フィン様は瞳を細め、カップの中に視線を落とす。

「そうだね。特別だ」

「でしょう？　だから、よかったです。また、一緒に……」

また……。

約束したとして、その日は訪れるのかしら。

あ、駄目……。

目の前がぼやける。必死に引っ込めようとしたけれど、涙がこぼれた。

「ローゼ？」

「ご、ごめんなさい。私、泣く場面じゃないのに、おかしいですね」

早く泣き止まなくちゃ……。

焦るとますます涙が出てきて、それを誤魔化すために目を擦った。

「おかしくなんてないよ。……擦っちゃ駄目だ」

フィン様が席を立ち、私の手を掴む。頭を撫でられると、ますます涙が出てくる。

「ローゼ、また一緒にお茶を飲もう」

私が言えなかったことをフィン様が言ってくださった。何も言えずに泣いていると、彼が額にチュッとキスしてくる。

「えっ」

驚いて顔を上げると、青い瞳と目があった。

なんて綺麗なんだろう。

瞬きするのも忘れて見入っていたら、フィン様のお顔がどんどん近付いてきて、唇に柔らかなものが触れた。

「んっ」

それがすぐにフィン様の唇であることに気付いて、心臓が大きく跳ね上がる。

「フィン……様……んんっ」

一度離れたかと思いきや、再び唇を重ねられた。

「ん……んぅ……」

どうしてこんなことをしてくるか、わからない。でも、ずっとこうしていたいと思う。チュッと吸われると、腰が震える。

身体が熱い。

私、どうしてしまったの？

いつの間にか開いていた唇に、フィン様の舌が入ってきた。

「んっ！」

驚いて反射的に自分の舌を引っ込めてしまう。

唇をくっ付けるだけがキスじゃないことは私だって知っている。

性教育を受けていなくても、街で年頃の女の子たちが集まれば、自然とそういう話になるものだ。

引っ込めた舌を恐る恐る元の位置に戻すと、フィン様の舌が絡んでくる。

「……っ……ン……んん……」

長い舌に咥内(こうない)をなぞられると、くすぐったくて、でもそれが気持ちよくて、ゾクゾク震えてしまう。

舌を絡ませ合うキスはとても気持ちがいいと聞いていた。でも、想像以上だった。

「ん……んぅ……んっ……ん……っ」

さっきまでどう頑張っても止まらなかった涙は、もう出ていない。でも、今度はなぜか秘部が潤み出していた。

身体に力が入らなくなって、背中から倒れてしまう。

「涙、止まったね」

フィン様は私の頭を優しく撫で、瞼(まぶた)にキスしてくれる。

不思議……触れられているのは頭と瞼なのに、胸の中が温かい。

「フィン様……」

「嫌だ?」

考えるよりも先に、身体が動く。首を左右に振ると、フィン様が覆(おお)い被(かぶ)さってきた。心臓が今までにないぐらい早く脈打つ。

首筋を吸われ、ナイトドレスの上から胸に触れられた。

「ぁっ」

「柔らかいね」

「そ、そうですか?」

「うん、とても柔らかくて、温かい」

指が食い込むたびに甘い刺激が伝わってきて、変な声が出てしまう。

「んんっ……フィン……様……ぁっ……んんっ……」

「直接触れてもいい？」

恥ずかしい。でも……もっとフィン様に触れてほしい。

フィン様の指がボタンにかかる。

「あ、でも、明かりを消してください。恥ずかしくて……」

「つけたままじゃ駄目かな？」

「えっ……どうしてですか？」

「ローゼの身体が見たいから」

「なっ……」

その瞬間、ランプが消えた。

オイルが切れたのね。足しておかなくてよかったわ。

「ローゼは魔法使いなの？」

「えっ！　どうしてですか？」

「だって、触れていないのにランプを消したから」

「ふふ、オイルが切れただけです」

気付く。

「んっ……」

　直接触れられるともっと気持ちいい。胸の先端をキュッと抓まれ、初めて尖っていることに
「ぁっ……んんっ！」

「乳首が尖ってるね。見えないのが残念だよ」

「……っ」

　耳元で言われ、ゾクゾクする。

「ローゼの乳首、可愛いだろうな。見たかったな」

「や……っ……可愛く……なんて……ぁっ……あぁっ……」

「絶対に可愛いよ」

　乳首を抓み転がされ、甘い刺激が全身に広がっていく。

「ん……ぁっ……そこ……そんな……しちゃ……だめ……です……んっ……あぁっ」

「そこって？」

「ち……乳首……」

言葉に出すのが恥ずかしくて、顔がものすごく熱い。

「ふふ」

楽しそうに笑われ、わかっているのにわざとわかっていないふりをしたのだと気付いた。

「もう……フィン様……っ」

「ごめんね。ローゼが可愛くてつい意地悪したくなった」

フィン様はクスクス笑いながら私の太腿を撫で、ドロワーズの中に手を入れた。

「あっ」

長い指が割れ目の間を滑ると、クチュリと音がする。

「濡れているね」

事実なのだけれど、指摘されると恥ずかしくて何も言えなくなってしまう。

割れ目の間を長い指が往復するたびに、頭がおかしくなりそうなほどの快感が、波のように押し寄せてくる。

これ以上は、自分が自分じゃなくなってしまいそうで怖い。でも、やめてほしくない。もっと、気持ちよくなりたかった。

「ぁんっ……ぁっ……あぁっ……」

割れ目の間はどこを弄られても気持ちがいい。でも、ある一点を弄られると、より強い快感が襲ってきた。

「このプクッてしてるところ、気持ちいい？」

指の腹でプリプリ撫でられ、あられもない大きな声が出た。

「あぁっ……気持ち……いっ……」

「じゃあ、ここをたくさん撫でてあげようね」

蜜をたっぷりまとった指で、一番弱い場所を撫でられた。痺(しび)れるような強い快感が走って、頭が真っ白になっていく。

「あっ……あぁっ……だ、だめ……や……っ……んんっ……」

「駄目なの？」

「……っ……だめ……じゃな……ぁっ……んっ……いや……だめ……んんっ……だめぇ……っ」

気持ちがいいのに、なぜか思っても違うことを口走ってしまう。

「こういう時の『駄目』は、いいってことなのかな？　ちょっぴり天邪鬼なローゼも可愛いね」

敏感な場所を弄られているだけでもこんなに気持ちいいのに、胸の先端も長い舌で同時に可愛がられ、頭が真っ白になる。

与えられた快感に痺れていると、お腹を中心に浮き上がりそうになる感覚に襲われた。

な、に……？

初めての感覚に驚いて、思わずフィン様にしがみついた。

「ローゼ？」

「……っ……ン……わ、私……変で……」

「変？　どんな風に？」

「な……なんだか、身体が浮いちゃいそうです……ぁっ……あぁんっ……！」

話している間にも、フィン様は手を休めない。弄られたままだから、途中でどうしても変な声が出てしまう。

「浮きそう？」

「ん……っ……気持ちよくなると、う、浮いちゃいそうで……ぁっ……んんっ……」

そんなことありえるはずがないのに、どうしてこんな感覚になるのかしら……。

未知の感覚――少し怖い。でも、このまま受け入れたら、どんなことになるのかという期待も確かにあった。

「実は天使だから、浮いちゃうって言っても俺は驚かないよ？　だってローゼは本当に天使みたいな女の子だからね」

フィン様は私の胸の先端を指で弄り、割れ目の間にある一点を撫でてくる。

「あぁっ……！」

指を動かされると秘部から聞こえる水音がどんどん大きくなって、それと比例して快感も高まっていく。

浮き上がりそうな感覚がどんどん強くなって、私は本当に飛ぶわけなんてないのに、必死になってフィン様のシャツを掴んだ。

「や……んんっ……う、浮いちゃ……っ……あっ……あっ……あぁぁ……っ！」

身体は浮かずに、お腹から何かが抜けていった。その瞬間ドッと身体から力が抜けるのと同時に、甘美な快感が全身に広がる。

何？　気持ちいい……。

目の前がチカチカする。まるで暗い場所から、いきなり明るい場所に出たみたいに眩しい。

フィン様の指に弄られているそこが、二つ目の心臓になってしまったみたいにドクドク脈打って、膣口からはお漏らししてしまったのではないかと思うぐらいに蜜が溢れているのがわかる。

ああ、瞼にまで力が入らない。意識していないと、閉じてしまいそうだ。

「ローゼ、すごくヒクヒクしてるね。もしかして、達ってくれたのかな？」

そういえば、聞いたことがある。

男性に触れられると、まるで天にも昇るような快感が訪れる——と。

それがこのことなのね。確かに天に昇ってしまうような感覚だったわ。

「は、はい……」

「そっか、嬉しいな」

なんて幸せなんだろう。

胸の中が温かいもので満たされ、あらがえないほど強烈な眠気が襲ってきて、目が閉じていく。

「ローゼ?」

フィン様が名前を呼んでくださっても、返事をすることができず、気が付くと朝になっていた。

フィン様に触れられてから一週間が経つ。彼の怪我は完全に治り、とうとう別れの日がやってきた。
あの日の翌朝、とんでもなくいやらしい夢を見てしまったのかと思ったけれど、身体には確

かにフィン様の感触が残っていて、あれが現実なのだと理解した。

顔を合わせるのが気恥ずかしくて、でも、前よりうんと距離が縮まった気がして嬉しかった。

「フィン様、もう本当にどこも痛くありませんか？」

「うん、大丈夫だよ」

フィン様は誰の目にも付かないように、まだ太陽が昇っていないうちに家を出ることを選んだ。

「ローゼ、今まで本当にありがとう」

「私こそありがとうございました。これ、フィン様が倒れていた時のお洋服……洗って繕っておきましたので」

「ありがとう助かるよ。これに着替えていくよ」

「はい」

フィン様が着替えている間、彼の剣を拾って物置に隠しておいたことを思い出した。

「フィン様、ちょっと私物置に行ってきます。すぐに戻りますので」

「うん？」

物置から戻ると、フィン様が着替えを終えていた。

出会った時と同じ姿――別れの時が来たのだと改めて自覚し、胸が苦しくなる。

「あ、その剣は……」

「はい、フィン様が倒れていた翌日にプラムの木の前で拾って、物置に隠しておいたのですっかり忘れていました。ごめんなさい」

「どうして物置に？」

「まだフィン様がどんな方かわからなかったので、剣で刺されたり、突かれたりしたら怖いなと思って……」

正直に話すと、大笑いされた。

「ああ、よかった……」

「え、よかったって、どうしてですか？」

「ローゼは優しいけれど、警戒心が薄いなと思って心配していたんだ。でも、少しは警戒心があったんだと思ったら安心したよ」

「いえいえ！　そんなことないです。人並みにはありますよ。いえ、一人暮らしですから、人並み以上かもしれませんね」

「素性の知らないズタボロの俺を拾っておいて？」

「それは……」

どうしてだろう。

あの時は居ても立ってもいられなくて、フィン様を家に連れ帰ったけれど……普段ならありえない行為だ。

「フィン様は特別です」

そう、特別だ。

不思議と身体が動いて、絶対に助けなければいけないと思った。

「ローゼの特別になれたなんて嬉しいな。これからは俺みたいな人を見つけても、むやみに助けたりしないでね？」

心配してくださっているのね。

「ふふ、はい、わかりました」

笑って答えると、フィン様が私の頬に触れた。

「絶対だよ？」

「……っ……は、はい、絶対……です」

いつもと違う雰囲気に、心臓の音が速くなる。

驚いた……。

なんだかとても色っぽくて、なぜか目を閉じてしまいそうになった。

「フィン様、もしよければこれをお持ちください」

「ラブレター？　嬉しいな」

「ち、違います。レシピです。料理に挑戦すると仰っていたので」

「忙しいのに、わざわざ書いてくれてたんだ。ありがとう。頑張って作ってみるよ。じゃあ、行くね」

「はい……」

涙で視界が歪む。

「ローゼと一緒に暮らした時間は、俺にとって何よりの宝物だよ。今までありがとう」

「……わ、私も……」

心配をかけてしまうから泣かないと決めていたのに、どうしても我慢できなくなって涙がこぼれた。

「ローゼ、泣かないで」

「ごめんなさい……」

両方の頰を大きな手で包み込まれ、顔を上げると唇を重ねられた。

「フィン様？」

心臓が大きく跳ね上がる。

「ローゼ、キミが好きだよ。必ず迎えに来るから、その時は俺と結婚してくれる？」

さらなる衝撃が走り、心臓の音がさらに速くなる。

好き――。

フィン様の言葉を聞いて、今まで抱いていたこの気持ちがなんなのかようやく気付いた。

ああ、私、フィン様のことが好きだったんだ。だからこそ、触れてほしかったし、触れて頂けて気持ちよかったんだ。

「はい、待っています」

自分の立場も何もかも忘れて、そう返事していた。

ずっと待っています。ずっと、ずっと……だから、絶対に迎えに来てください。

第二章　まさかの婚姻

フィン様を見送って、二年が経つ。

「ローゼちゃん、今日は街に行かない方がいいよ。昨日酒場で、暴動を起こすって相談をしていた男がいたみたい」

「えっ！　わ、わかりました」

「ここは街から離れているから大丈夫だと思うけれど、十分気を付けてね。何かあったら家に逃げ込んでくるんだよ」

「ありがとう。エマおばさんも気を付けて」

ルチル国の情勢はますます悪化し、各地で内乱が起きていた。そんな中でも姫や王子を増やしているお父様の気が知れない。

一体、どんな神経をしているのかしら……。

フィン様は無事に家に帰ることができたのだろうか。この二年の間、彼からの連絡は一度もない。

それでも私は、彼のことを待ち続けていた。

姫である私が彼と結ばれることは難しい。

でも、姫と言っても価値のない姫なのだ。ルイお兄様は覚えてくださっていても、お父様はすっかり忘れてくれている……という可能性もないかな、なんて都合のいいことを考えてしまう。

結婚できなかったとしても、彼にまた会えたらそれでいいとも思う。

フィン様、会いたい……。

今日は街へ買い出しに行こうと思っていたけれど、おとなしく家でジャムづくりに精を出そう。

収穫したプラムを井戸水で丁寧に洗い、家の中に入って一つ一つ拭いていると、ドアを叩く音が聞こえた。

「はい？」

誰かしら。エマおばさんとサーラおばさんはさっき来たし、今日は誰か来る予定なんてないけれど……。

頭に思い浮かんだのは、フィン様のことだった。

まさか……！

慌ててドアを開けると、そこに立っていたのはフィン様ではなくて城の兵だった。

「ローゼ姫ですね？　アレクサンドル王がお呼びです。城へのご同行をお願い致します」

「え……」

まさかこの期に及んで、お父様から声がかかるなんて思ってもいなかった。

お父様が私のことを覚えていたことに衝撃だわ……。

拒否権なんてあるはずもなく、私は兵たちと共に城へ向かった。

城に着くとすぐにメイドたちが待ち受けていて、入浴させられた後、煌（きら）びやかなドレスやアクセサリーを身に付けさせられた。

このイヤリング一つで、何年も暮らせそう……。

王城での振る舞い方やマナーはお母様が教えてくれた。

こんなの一生役に立つ日なんて訪れるわけがないと文句を言いながら習っていたけれど、まさか本当に役に立つ日がくるなんて思わなかったわ。

城の中はあちこちに贅を尽くされていて、呆れて何度もため息が出た。

国民が飢えているのに気付いていないわけがないのに、どうしてこんな贅沢ができるのかしら。

謁見の間にいた父を見て、さらに呆れた。

全部の指に大きな宝石の付いた指輪を重ね付けし、首にはこれまた大きな宝石が付いたネックレスをかけられるだけかけている。

一体、何キロあるの？　見ているだけで肩が凝るし、指が吊(つ)りそうだわ。なんだかすごく下品……。

「お父様、お久しぶりです」

最後に会ったのは、赤ん坊の時だったと聞いている。

もちろん全然覚えていないから、父親っていう感じが全くしない。ただの下品なおじさんにしか見えないわ。

「ローゼ、最後に会ったのは、うんと小さい頃だったな。『お父様、お父様』って懐(なつ)いてきて可愛かった」

赤ん坊が喋れるわけないでしょう。一体、どの姫と間違えているのかしら。まあ、あれだけ子供が多ければ、間違えても無理はないかもしれないけれど。

訂正して気分を害されたら何をされるかわからないので、にっこり微笑んで誤魔化すことにした。

お父様の隣には、プラチナブロンドの髪を一つにまとめた優しそうな男性が立っていた。

この方はもしかして……。

「ローゼ、初めまして。私がルイだよ」

やっぱり、ルイお兄様だったのね。

「初めまして、ルイお兄様」

実際に会うのは初めてだ。

「ルイ、出しゃばるな」

「はい、申し訳ございません」

私とルイお兄様が繋(つな)がっていることは、お父様には内緒にしてある。お父様は反逆を恐れているのか、身内同士が親交を深めるのをよく思っていないからだ。

ルイお兄様はそんな危険を冒しながらも、手紙を送ってきてくれている。ありがたいことだ。

お父様と正妃の間に生まれた第一王子——柔らかな印象で、お父様にはあまり似ていない。お母様似なのね。

「ローゼ、美しく育ったな。クラリスにそっくりだ。あれもとてもいい女だったからな」

お母様の名前は憶(おぼ)えていたのね。そうよ。お母様はすごく素敵な女性だったもの。お父様にはもったいないぐらいのね。

「ありがとうございます」

「さて、昔話はほどほどにして、本題に入ろうか」

ええ、そうしてください。さっきから気になってソワソワしていたのよ。

「今日お前を呼び出したのは、サードニクス国の王から求婚の話が来ているからだ」

「えっ⁉」

求婚⁉

サードニクスといえば、大陸の四分の一を制している大国だ。二十五番目の姫の私に話がくるということは、よほど悪い条件なのだろう。

「我が国の財政が傾いていることは、お前も知っているだろう？」

「ええ、もちろん」

あなたが原因だってことも知っていますとも。

「サードニクス国がお前との結婚を条件に、無期限の援助をすると言ってきた」

サードニクス国王は、父と同じくらいの好色家だと、街中でゴシップを聞いたことがある。

となると……。

「側室としてですか？」

「いや、正妃としてだ」

「せ、正妃？　それなら私ではなく、お姉様方にお話がいくはずでは？」

結婚しているお姉様もいるけれど、私の上にはまだ未婚のお姉様方がいるはずだ。それなのに、どうしてこんな好条件の話がどうして私に？　裏があるとしか思えない。

そもそも私はフィン様と結婚する約束をしているんだもの。どんな好条件だろうと結婚なんてしたくない。

「向こうからの指名だ。ローゼを妻にしたいとな」

「え？」

向こうからって、社交界に一度も出ていない私をどうして知っているのだろう。

ううん、私が姫であること――家族以外で一人だけ知っている人がいる。

まさか、でも……。

「向こうから肖像画が届いている。見せてやろう」

お父様が顎で合図すると、側近が赤い布をかぶせた肖像画を持ってきた。

ローゼ、期待しては駄目よ。違った時に、悲しくなってしまうもの。

側近が布を剥がすと、そこには私が期待していた人の姿があった。

「……っ」

思わず手で口を覆った。煌びやかな衣装に身を包んだ見目麗しい男性は、確かにフィン様だった。

フィン様が、サードニクス国の王だったなんて……！

「随分な色男に描いてあるが、期待しすぎないようにした方がいい。肖像画は本人の数倍よく書かれるものだからな」

「え、ええ」

本物の方がもっと素敵だわ。と言いたくなったけれど、私が密（ひそ）かにフィン様と繋がりを持っていたことを知られたら、お父様の逆鱗（げきりん）に触れかねないと知らないことにした。

ああ、今にでも涙がこぼれそう。

「ローゼ、泣かないで。この縁談はとても素晴らしいものだよ」

ルイお兄様が優しく声をかけてくれる。

「はい……」

「お前にはすぐにサードニクス国へ行ってもらう。相手はすぐにでもお前を呼びたいそうで、お前の身の回りの品も整えてある船をよこしている」

「わかりました」

涙をこぼさないように頬の裏を噛み、謁見の間を出た。

「……っ」

フィン様が約束を守ってくださった。

我慢していた涙が溢れ、頬を伝う。

周りから見れば、今まで放っておかれたのにいきなり呼び出され、突然外国へ嫁がされる哀れな姫に見えるだろう。

でも、違う。言えないけれど、これは嬉し涙なのだから、どうか哀れまないでほしい。

フィン様、早く会いたい……。

「なんて呑み込みが早いのかしら。ローゼ姫、素晴らしいですわ」

「ありがとうございます。母が教えてくれていて……」

「どうりで……！　間に合わないのではないかと心配していましたが、これならサードニクスに着くまで十分に間に合いそうです」

「ありがとうございます。問題は勉強とダンスで……」

「ローゼ姫ならきっと大丈夫ですわ」

サードニクス王城に到着するまでは、船で三週間、馬車で四日かかるそうだ。

それまでに淑女に必要なマナーやダンス、勉強を教えてくれるために、それぞれの先生方が一緒に乗ってくれて、朝から寝る前までみっちりとしごかれている。

マナーはお母様から教えてもらっていたけれど、勉強は男爵家の屋敷に居た五歳の頃からしていないので、かなり苦戦した。

船酔いもあって正直辛かったけれど、フィン様に会うためならどんなことでも頑張ることができそうだ。

心残りは、近所の人たちに挨拶ができなかったこと……。

荷物を取りに行きたいし、周りが心配するから挨拶をしに一度家に帰りたいとお願いしたけれど、荷物は兵に取りに行かせるし、庶民に挨拶する必要なんてないと一蹴された。

何が庶民よ……！　私にとっては大切な人たちなのよ。そんな言い方ってないじゃない！

と思いながらも承知した。ここで食い下がったらお父様の機嫌が悪くなって、おばさんたちに危害が及びかねない。

みんな今までありがとう。どうか元気でいて……。

お母様と一緒に植えたプラムの木も気がかりだけれど、これぱかりは仕方がない。

「ローゼ姫、それではおやすみなさいませ」

「ええ、今日もありがとう。おやすみなさい」

入浴を終えた私は、侍女が下がったのを確認してベッドに転がった。

「あ、痛たた……」

すっかり筋肉痛だわ。

農作業で鍛えていたから体力には自信があったからちょっと悲しい。

もう少しでフィン様……いえ、オスカー様にお会いできるのね。

オスカー・レヴィン……それがフィン様の本名だった。

街で噂になっていた好色家の王と言うのは、オスカー様のお父様だった。それでも私のお父様と違って、お子は三人しかいない。

第一王子は王妃様との間に生まれたオスカー様、ご側室との間に生まれた第二王子アヒム様、二人目のご側室との間に生まれた第三王子カール様――。

アヒム様はご病気で亡くなり、カール様は次期国王の座を狙い、オスカー様を暗殺しようとしたことで捕らえられ、処刑の日を迎えることなく流行り病で亡くなったそうだ。

カール様がつい最近亡くなった……ということは、あの日オスカー様がプラムの木の前で傷付いて倒れていたのは、カール様のせいだったのだろうか。

オスカー様のお父様は病でお倒れになったので、ご自分の意志で王の座を退き、現在はオスカー様が王となったそうだ。

えーっと、向こうに着くまでは三週間と四日だから、後二週間と四日でお会いできるのね。

すごく楽しみだわ。

でも、実際にサードニクス城に着いたのは、一か月と数日後のことだった。船を降りたところで天候が荒れてしまったからだ。

とても馬車を走らせるような天気じゃなくて、しかたなく港の街に数日泊まった。船の中で少し体調を崩していたけれど、その数日で回復できたのは不幸中の幸いだった。

早くオスカー様にお会いしたい……！

「ローゼ姫、とてもお綺麗です」

「本当！　女神様みたいですわ」

船にはマナーやダンスの先生の他に、サードニクス城から来た侍女が乗っていて、毎日私の全身を手入れしてくれた。

赤毛で大きな目が印象的な可愛らしい女性はバルバラ、そして艶やかな黒髪が印象的な美人はニーナだ。

放ったらかしだった肌や農作業で痛んでいた指先は、彼女たちのおかげで見違えるようにきれいになった。

「二人が手入れしてくれたおかげよ。ありがとう」

こんなに良い状態の自分は見たことがなくて、鏡を見るたびに口元が綻ぶ。

「私たちの力ではございませんわ。元からお美しいので、少しお手入れしただけでもさらに輝かれるのですよ」

「そうですわ。あまりにもお美しいので、私共もお手入れをさせていただけるのが楽しくて、楽しくて……！」

社交辞令だとわかっていても、なんだか照れてしまう。

「今日のドレスもとてもお似合いですわ」

「ありがとう」

淡いピンク色のドレスに身を包み、髪は耳から上を結び、下は垂らして巻いてある。左右にドレスと同じ生地を使った薔薇(ばら)が飾られた。

今まで質素なドレスを着ていたから、毎日煌(きら)びやかなドレスに身を包むのは不思議な感じがする。

船の中に用意されていた私の身の回りの品全ては、オスカー様自らが選び用意してくださったそうだ。

用意してくださっただけでもすごく嬉しいのに、自ら選んでくださったなんて、もっと嬉しい。

ドレスも部屋着も可愛らしい印象のものが多い。

私にはこういうのが似合うって思って用意してくださったのかしら。それともオスカー様がこういう格好がお好きなのかしら。

どちらにしても嬉しい。

それにしても、気持ち悪い……。

こんなに長い時間馬車に乗るのは初めてで、完全に酔っていた。

船の時も酔っちゃったし、乗り物に酔いやすいのかしら……。

馬車がガタガタ揺れるたびに、「うっ」と声をあげてしまう。

「ローゼ姫、大丈夫ですか？」

「え、ええ、大丈夫よ」

オスカー様にお会いできるなら、乗り物酔いも喜んで受け入れよう。

「ローゼ姫、この森を抜けたら、王都です。道が整備されていますから、今よりは揺れが少なくなりますので、酔いも少しは楽になるかと思います」

「助かるわ」

「もう少しの辛抱です」

しばらくすると森を抜け、整備された道に出た。

道沿いにはたくさんのお店が並び、人々で賑(にぎ)わっている。

ルチル国ではお父様のせいで重税を強いられ、人々の顔は暗かったし、孤児や浮浪者が道にあふれかえっていた。

生活していくのに精いっぱいで建物を直すお金の余裕なんてないから、見た目が酷くてもそのままだったけれど、ここは違う。

孤児や浮浪者の姿はどこにもないし、人々の顔は明るい。建物もしっかり手入れされているのがわかるし、街のあちこちに花が咲いていて美しい。

ここがサードニクス国――オスカー様の国なのね。

ルチル国とは大違いだわ。

サードニクス国が援助してくださると言っても、お父様の使い方じゃ使い果たして終わりだろうと思っていた。

けれどオスカー様もそれはわかっていたみたいで、手を打ってくださっていた。

特使を送り、援助した金額が正確に使用されているかを正確に調べ、不正があった際には指導してくれるそうだ。

すぐに状況はよくならないかもしれない。でもいつか、この国の人たちみたいに幸せに暮らしてくれる国になってくれたらいいと思う。

「ローゼ姫、城が見えてきましたよ」

「すごい……」

白いレンガで造られた外壁に、尖った屋根部分は濃紺だ。

ルチル城も大きいと思っていたけれど、サードニクス城はそれを遥(はる)かに超える大きさだ。まだ遠くを走っているのに、あまりの大きさに近く感じる。

アーチ形の橋を渡って城門を通り抜けて数分、ようやく城へ辿(たど)り着(つ)いた。馬車の扉が開いて出ようとしたその時、目の前に立っていた人を見て心臓が大きく跳ね上がる。

「ローゼ、会いたかった」

オスカー様の姿を見た瞬間、涙が出てくる。

駄目……泣いたら、ずっと見たかった彼の姿が見えなくなってしまう。

でも、我慢できない。

差し伸べられた手を掴んで馬車を降りると、強く抱きしめてくださった。

「オスカー様、私もお会いしたかったです。ずっと……っ……ずっと、待っていました」

「二年間、連絡できなくてごめん。命を狙われている状態で、連絡を取ることでローゼにまで危険が及ぶ可能性があったから……」

「……っ……」

涙で詰まって、声が出せない。

謝らないで……。

心の中で伝わってと強く願い、オスカー様の胸に顔を埋めた。

「待っていてくれてありがとう」

早く泣き止みたいのに、なかなか涙が止まってくれない。

兵や使用人たちがたくさんいる中だったから余計に焦る。でも、焦るほどに涙が出てくる。

オスカー様は私の気持ちに気付いてくれたのか人払いをし、泣き止むまで優しく背中をさすってくださった。

「ここがローゼの部屋だよ」

私に与えられたのは、とても日当たりのいい広い部屋だった。

白い柱に、壁は落ち着いた色合いのピンクが使われている。

窓からはたくさんの花が咲く庭を眺めることができて、傍にはお茶が楽しめるようにテーブルと椅子が置かれていた。部屋のあちこちに花が飾られていて、とてもいい香りがする。

天蓋付きのベッドはとても大きくて、二人……ううん、三人でも優雅に寝られる広さだ。

「どうかな？」

「とっても素敵です」

「よかった。ローゼが好きそうなものや似合いそうなものを考えて選んでみたんだ」

「えっ！　オスカー様が選んでくださったんですか？」

「うん、そうだよ」

「船の中での身の回りの品や服もオスカー様が選んでくださったって聞きました。ありがとうございます」

即位式から間もなくてお忙しいはずなのに、私のために貴重な時間を割いてくださったなんて嬉しい。

「どういたしまして。特に服選びが大変だったよ。ローゼはなんでも似合うから、色々着てもらいたくて……ほら、こっちの部屋は衣装部屋」

隣の扉を開けると、とんでもない数のドレスや靴にアクセサリーがズラリと並んでいた。一日のうちに何度着替えたとしても、全て着るには一年以上はかかりそうだ。

「こ、こんなに⁉　多すぎじゃないですか？」

「どうしても選べなくて」

気恥ずかしそうに笑うオスカー様が愛おしくて、思わず笑ってしまう。

「今日のドレス、とても似合っているね。想像以上に可愛いよ」

「あっ……ありがとうございます」

「よく見せて」

「はい」

オスカー様の正面に立ち、顔だけは逸らした。

「どうして顔を逸らすのかな？」

「ごめんなさい。さっき泣いたばかりなので、あんまり顔を見てほしくなくて……」

崩れた化粧はバルバラとニーナに直してもらったけれど、やっぱり恥ずかしい。だってただでさえ素敵だったオスカー様は、二年経った今、もっと素敵になっていた。

白のフロックコートがよく似合う。

背も以前より伸びて、お顔の色もとてもいい。出会った当初はあばらが浮くほど痩せていたけれど、今は服を着ていても健康的な体形になっているのがわかる。

「駄目、ちゃんと見せて」

「い、意地悪しないでください」

「意地悪じゃないよ。二年間見たくても見られなかったんだから、もう我慢したくないだけ」

「でも、目が腫れて……あっ」

両頬を包み込まれて、真正面を向かされた。

「ようやく見られた」

「……っ」

好きな人に顔を見られるのって、こんなにも恥ずかしい。

オスカー様の空みたいな青い目に、真っ赤な顔をした私の顔が映る。

お、お顔が近いわ……！

心臓が聞いたこともない音でバクバク脈打つ。

「わ、わかりました。もう顔を逸らしませんから、どうかお離しください」

「本当に？」

「はい、本当です……っ」

だから、早く離してください！　じゃないと心臓が持ちませんっ！

オスカー様は手を放すと、私の顔をジッと見る。

は、恥ずかしい。でも、さっきよりは大分マシだわ。

「この二年で、ますます綺麗になったね」

化粧のおかげだとわかっていても、舞い上がってしまう。

「ありがとうございます。バルバラがお化粧してくれたからです」

「じゃあ、夜に化粧を落とした姿を見るのが楽しみだ」

夜……！

その言葉に過剰に反応して、心臓の音がさらに速くなる。

そ、そうよね。夫婦になったら、前みたいに夜は二人で眠って、でもそれは別々のベッドじゃなくて一つのベッドで……。

想像したら、顔が熱くなる。

「……オスカー様こそ、とても素敵になりました。前も素敵でしたけれど、もっと……」

「ありがとう。キミにそう思ってもらえるなんて嬉しいよ」

オスカー様は私の手を握り、部屋の中を進む。

大きくて、手袋越しでも温かい。

「ローゼ、こっちも見て」

「はい、見たいです」

衣装部屋と反対の扉を開けると、広いキッチンがあった。棚にはたくさんの食材や、スパイスが並んでいる。

「こっちの部屋はキッチンだよ。ここにない食材は侍女に言えば、すぐに持ってきてくれるから」

「えっ！　キッチンまで用意してくださったんですか？」

「料理が好きだって言ってたから、喜んでくれるかなって思って」

「ありがとうございます。もう、料理を作る機会はないと思っていたので、すごく嬉しいです」

「よかった。ローゼが喜ぶ顔も見たかったんだけれど、俺もローゼの料理が食べたいからさ」

「本当ですか？」

「うん、この二年間、何度も思い返したよ。ローゼから貰ったレシピに挑戦したけれど、自分で作ると美味しく感じなくて……」

「作ってくださったんですね！」

「もちろん。せっかくローゼがくれたレシピだからね」

　嬉しさのあまり、にやけてしまう。

「もうすぐお昼ですし、もしよければ私が昼食をお作りしましょうか？」

「え、本当に？」

「はい！　あ、でも、この時間だと、厨房（ちゅうぼう）でもう準備が済んでいるでしょうか」

「いや、大丈夫だよ。というか、もう準備が終わっていたとしても、ローゼの料理が食べたい。あ、でも移動で疲れているかな？」

そういえば、あれだけ気持ち悪かったのに、車酔いなんてどこかに飛んでいってしまった。元気いっぱいだし、やる気に満ち溢れている。

「いいえ、大丈夫です。何か召し上がりたいものはありますか？」

「ローゼが作ってくれたものならなんでも」

何を作ろうかしら……。

もうすぐお昼……時間をかけていたら、オスカー様がご政務に戻らなくてはいけない時間になるし、できるだけ短時間で出来上がるものにしなくちゃ。

飾りの少ないドレスに着替え、早速調理に取り掛かる。

「俺も手伝うよ。何をすればいい？」

「じゃあ、卵白をメレンゲ状に……白くフワフワになるまで、泡立てて頂けますか？　途中この砂糖を三回ぐらい分けて入れてくださるようにお願いします」

「え、これが白くフワフワになるの？」

「はい、かなり根気がいりますし、疲れますが……」

「へえ、楽しみだなぁ」

卵白を使った料理やお菓子は大好きだけれど、メレンゲを作るのはかなり疲れる。

「あ、すごい、すごい。こんな風になるんだ。魔法みたいだなぁ」

けれどオスカー様は全く疲れる様子も見せず、私が泡立てるよりも早くメレンゲを完成させた。

「えっ！　もうこんなに早く⁉」

「これってどれくらい泡立てたらいい？」

「もうそれで充分です。ありがとうございます。あまりに早くて驚きました。オスカー様、手は大丈夫ですか？　疲れていらっしゃいませんか？」

「うん、平気だよ」

「すごいです。私はいつも終わる頃にはヘトヘトなので」

「毎朝、剣の素振りを千回してるから、腕の力と持久力には自信があるよ」

「千回も⁉　す、すごいです」

お聞きしただけでも、手が痛くなってきたわ。

卵黄と強力粉を混ぜて、オスカー様に渡す。

「次は今泡立てたメレンゲと、この生地を混ぜて混ぜていただけますか？」

「わかった」

「メレンゲを潰してしまわないように、底からすくいあげるように、さっくり、優しく混ぜてください」

「了解」

オスカー様は少したどたどしく、生地とメレンゲを混ぜ合わせる。

「どう？　これであってる？」

「はい、バッチリです」

オスカー様と暮らしていた時、こうして二人でキッチンに立ったものだ。

とても楽しくて、彼が出て行った後、一人でキッチンに立ったら寂しくて胸が苦しくなって何度も泣いた。

また、こうして二人で一緒に料理ができるなんて嬉しい。

「また、こうして二人で料理ができるなんて嬉しいな」

「えっ」

「ん？」

「あ、いえ、私も今、同じことを考えていました」

一瞬、心の声が実際に出てしまったのかと思ったわ。

「同じことを考えていたなんて嬉しい」

「ええ、本当に」

こんな幸せな日が来るなんて……。

嬉しいのに変だ。涙が出そうになる。

泣いては駄目よ。オスカー様が心配なさるわ。

「ローゼ、これくらいでいいかな？」

「はい、バッチリです。じゃあ、焼いていきましょうか」

バターをたっぷり使って、パンケーキを焼いた。

大き目のお皿にパンケーキを盛りつけ、レタスとトマトのサラダと、焼いた厚切りベーコンと、チーズを入れてトロトロにしたスクランブルエッグを一緒に乗せる。

ちょうどできあがったオニオンスープをカップにそそぎ、パセリを散らして完成だ。窓際のテーブルに運んで、二年ぶりに食事を囲む。

「うわぁ、甘いパンケーキの上に、塩気のある食材を乗せて食べるのって美味しいね」

「お口にあってよかったです。オスカー様がフワフワのメレンゲを作ってくださったおかげで、口当たりが柔らかくて美味しいです」

「本当？　よかった」

二年前お出ししたのはパンケーキじゃなくて、パンだった。

でも、パンを一から作るには時間がかかりすぎるので、すぐにできるパンケーキにした。生地にメレンゲを混ぜれば発酵もいらない。

「今までは自分の畑でその日とれる食材や頂き物の範囲で作るメニューを決めていましたけれど、こちらは食材が豊富なので作れる料理の幅が広がりそうでワクワクします」

「俺もローゼの新作を食べさせてもらえるのが楽しみだよ」

幸せだわ……。

好きな人と料理を作って、日当たりの良い場所で一緒にご飯を食べる。なんて贅沢な幸せだろう。

「そうだ。結婚式のことを話したいなと思っていて」

「はい、なんでしょう」

「本来なら婚約から結婚まで何年かかけるのが通例なんだ。でも、早くローゼと結婚したいから、半年後にはと思っているんだけれど、ローゼはどう思う？」

早く結婚がしたいと思ってくれているなんて嬉しい。

「はい、私も早くオスカー様と結婚がしたいです」

「よかった。実を言うともっと早く結婚したいのが本音なんだけれど、周りに相談したら、半年後が最短だっていうから泣く泣く承諾したんだ」

「ふふ、私たちは二年も待てたんですから、半年なんてあっという間です」

「うん、そうだね。あっという間だ。ローゼと夫婦になれるのが楽しみだよ」

「はい、私もです」

まだ、夫婦にはなれない。でも、こんなに近くにいられるのだもの。とても幸せだわ。

「オスカー様の部屋は、どちらにあるんですか？」

「位置を教えたら、夜這いに来てくれる？」

にっこりと微笑まれ、顔が熱くなる。

「えっ……！　わ、私、そんなつもりじゃ……」

何気なく聞いたつもりだったけれど、部屋の位置を聞くと言うのは、そういう意味に取られてしまうものなのだろうか。

「ふふ、冗談だよ。まあ、ローゼがそのつもりだったら、ものすごく嬉しいし、大歓迎なんだけれどね」

「もう、からかわないでくださいっ！」

「ごめん、ごめん。俺の部屋はここの隣だよ」

「えっ！　そうなんですか？　じゃあ、いつでもお会いできますね」

サードニクス城は予想以上に広かったので、部屋が遠く離れていれば、同じ城内に住んでいながらも、多忙なオスカー様と会う機会は多くないんじゃ……と寂しく思っていた。でも、隣の部屋ならそんな心配はない。

「うん、実はここからもっと離れたところが俺の部屋だったんだ。でも、ローゼの近くがいいなと思って隣に移したんだ」

「えっ！　そうだったんですか？」

「そう、正直言うと同じ部屋がよかったんだけれど、それは半年後に夫婦になるまでの我慢だね」

「は、はい……」

　二年前、一緒の部屋で暮らしていた。でも、今は同じ部屋で暮らすという意味があの時とはまるで違う。

　ああ、高熱を出した時みたいに顔が熱い。

「オスカー様は、この後ご政務ですよね？」

「そうだね。名残惜しいけれど、政務室に戻るよ。ローゼは今日一日ゆっくりして、旅の疲れを癒して」

「ありがとうございます」

「夕食の時にまた会おう。今は信頼できる者しか傍に置いていないけれど、食器やカトラリーは一応銀を用意しているから心配しないでね」

「はい、ありがとうございます」

今は……と言うことは、昔は違ったのね。

この城の中で、オスカー様はどんなに大変な人生を送ってきたのだろう。

一日をゆっくり過ごし、オスカー様と夕食をご一緒した私は、侍女たちに入浴を手伝ってもらってベッドに入っていた。

夕食はとても美味しかった。

ビーフシチューはお肉がトロトロになるまで煮込まれていて、パンはフワフワ。サラダには見たことのないハーブが入っていて、とてもいい香りがしていた。

ああ、思い出すだけでお腹が空いてしまうわ。

夕食を終えてからまだ三時間しか経っていないのに、お腹の虫が騒ぎ出す。

何か作ろうかしら……。

ベッドから起き上がると、扉をノックする音が聞こえた。

「はい？」

バルバラとニーナが忘れ物をしたのかしら。

「俺だよ」

心臓が大きく跳ね上がる。

「オスカー様？」

「入ってもいい？」

「は、はい、どうぞ」

ショールを羽織り、扉を開くとふわりといい香りがする。

白いシャツにトラウザーズという簡素な恰好をしたオスカー様はトレイを持っていて、その上にはクリーム色のスープが乗っている。

「わあ、スープですね」

「うん、俺が作ったんだ。一緒に食べない？」

「え！　オスカー様が作られたんですか？」

「そうだよ。ローゼから貰ったレシピのコーンスープだよ」

「ぜひ、頂きたいです！」

オスカー様に入ってもらい、一緒に昼食を取ったテーブルにスープを並べてもらう。

ああ、いい香り～……！

ただでさえお腹が空いていたのに、スープの美味しそうな香りを嗅ぐとお腹の虫がさらに騒ぎだすので咳ばらいをしてなんとか誤魔化す。

「ちょうどお腹が空いていて、何か食べたいと思っていたところだったんです」

「それはよかった」

「いただきます」

一口すると、コーンと牛乳の優しい味わいが口いっぱいに広がる。

「すごく美味しいです。私が作ったものよりもずっと……！」

「いや、ローゼが作ってくれた方がずっと美味しいよ」

「いいえ、そんなことないです。オスカー様の作ってくださった方がずっと……」

「いいや……」

どちらも譲らないものだから、思わず笑ってしまう。

「同じレシピであっても、自分の作るものよりも、誰かに作っていただいた物の方が美味しく感じるのかもしれませんね」

それが大切な人なら、なおさら……。

「うん、そうだね」

気が付くと、お皿の中が空になっていた。

「あっ」

「全部食べてくれたんだね。嬉しいよ」

「美味しくて、あっという間に食べ終わってしまいました」

「俺の分も食べる？」

「いえ！　大丈夫です。ありがとうございます。あの、また今度作ってくださいますか？」

「俺のでよければ、いつでも作るよ」

いつでも——。

その言葉にこれからはずっと一緒なのだと改めて自覚し、口元が綻ぶ。

「俺もローゼの作る料理が食べたいな」

「はい、私の料理でよければ、いつでも」

「やった」

温かいスープと言葉で、お腹も胸の中もポカポカしてる。

「……オスカー様」

「うん？」

「お名前、フィン様も素敵でしたけれど、本当のお名前も素敵ですね」

「ありがとう。……二年前は本当の名前を言えずにごめん。あの時は、俺の本名を知っていることで、ローゼが危険に巻き込まれる可能性があったから言えなくて……」

「二年前の嵐の日、ローゼは俺を気遣って何があったか聞かないでくれたよね。よかったら、あの日のことを聞いてもらえないかな」

とても緊張した表情だった。

「はい、聞かせて頂けるのなら、知りたいです。ずっと気になっていましたから」

そう答えると、オスカー様の強張っていた表情が少し柔らかくなるのがわかった。

「ありがとう。俺には母親違いの弟が二人いるんだけれど……」

「存じ上げております。アヒム様とカール様ですね。二人のご側室がお母様の……」

「うん、その通りだよ。二人の母親はそれぞれを王位に付けたかったから、正妃の息子である俺が邪魔で、暗殺されそうになったり、毒を何度も盛られたりしたんだ」

オスカー様を毒殺しようとしていたのは、弟王子様のお母様方だったのね。

「少しずつ毒を摂取すれば、毒に対する耐性ができるらしいんだ。でも、俺はそういうのができない体質みたいで何度も苦しんだよ」

何度も⁉

それは食事が嫌いになっても無理はない。

「母親たちには憎まれていたけれど、弟たちとは仲がよくてね。幼い頃は二人の母親の目を盗
「危険な目？」

んで、よく遊んだものだよ」

「まあ」

弟王子様たちと一緒に遊ぶオスカー様を想像したら微笑ましくて、口元が綻んだのは一瞬のこと――。

え、でも、弟王子様たちは……。

「何度か痛い目を見たよ。でも、証拠をつかむ前に二人とも病気で亡くなってね」

「そうだったんですね……」

「弟たちは王になんてなりたくない。俺を殺そうとする自分たちの母親が恐ろしいし、嫌いだ。早く死んでほしいとまで言っていたから、二人の母親がいなくなって、三人で協力していい国を作っていけると思っていたんだけれど……」

「あ……」

思わず声を上げると、彼が苦笑いを浮かべる。

その悲しげな瞳を見ると、胸が苦しくなる。

「アヒムは病気で亡くなってしまって、カールは……ローゼと出会ったあの嵐の日は、ルチア国の建国祭に参加して、国に帰るところをカールの手の者に襲撃されたんだ」

やっぱり、カール様のせいだったのね。

「あまりにも数が多くて手こずってね。途中で負傷して……とりあえず目立たないように刺客から服を剥ぎ取って着替えたところまでは覚えてる。でも、あのプラムの木までどうやって辿り着いたのかは、うろ覚えなんだ」

そういえば肌に傷はあるのに、服は切れていなかったから不思議に思っていたけれど、途中で着替えていたからだったのね。

「でも……いや……」

「なんですか？」

「途中、女の人に出会って、この先の家に行きなさい。そうすれば助かるからって言われた気がする」

「え？」

「あ、いや、でも、夢だったのかも。暗いはずなのに髪色やリボン、瞳の色まではっきり見えたし、俺が初対面の人の言うことなんて聞くはずがないし……うん、やっぱり夢だ」

「え、どんな方ですか？」

「そうだな。栗色の長い髪を横で赤いリボンでまとめていたよ。瞳の色は……あ、ローゼと同じ紫色だった」

心臓がドクンと跳ね上がった。

まさか……ううん、でも……。

「……っ」

「あれ？　ローゼの知ってる人だったかな？」

「あ、いえ、でも、信じていただけるか……」

「他人の言うことなら疑うけれど、ローゼの話してくれることなら何だって信じるよ」

「オスカー様……」

胸の中が温かい。

オスカー様、優しい方……。

「亡くなった母と、特徴が同じだなぁって思ったんです。髪や瞳の色も、リボンも……」

赤いリボンは、私がお母様の誕生日に贈ったものだ。とても喜んでくれて、亡くなるその日までずっとつけてくれていた。

「えっ！　本当は生きてるってこと？」

「いえ、確かに亡くなっています」

「そっか……」

特徴が同じだからって、こんなこと言うなんておかしいと思われるかしら。

お母様が守ってくれたのかしら……なんて。

「じゃあ、ローゼのお母様が、俺を助けてくれたのかな」

「えっ」

「ん？」

同じことを考えていたなんて嬉しい。

「私も同じことを考えていて……」

嬉しいのに、どうしてだろう。涙が出そうになる。

「お母様は優しくて、困っている方を放っておけない人でしたから」

「そっかローゼとそっくりだね」

「いえ、私はお母様ほどでは……」

「ううん、優しいよ。ローゼ、助けてくれてありがとう」

胸から何かが込み上げてきて、涙が出そうになる。

「助けたのは私じゃなくて、オスカー様です」

「俺が？」

「お父様の機嫌一つでどうとでもなってしまうグラグラした場所で生きているのが怖くて、ずっと怯えて生きてきました。日々の暮らしの中で、ああ、楽しいなぁ、幸せだなぁと思うことがあったとしても、でも、いつかこの幸せは壊されてしまうかもしれないって現実に戻される毎日で……でも、そんな私をオスカー様が救ってくださったんです」

毎日無事に生きていくのに精いっぱいで、自分が恋をするなんて……ううん、してはいけないと思っていた。

でも、オスカー様と出会って、いつの間にか私の心の中には彼がいた。

私は立ち上がり、オスカー様の前に立った。彼の大きな手を取り、そっと握る。

「迎えにきてくださって、ありがとうございました」

「ローゼ」

オスカー様は私の手を引き、抱き上げて膝の上に座らせた。

「えっ！　オ、オスカー様⁉　わ、私、重いですから……」

「ちっとも重くないよ。だからこのまま抱っこさせて」

「で、でも……んっ……」

狼狽(ろうばい)していると、唇を重ねられた。

オスカー様は、ちゅ、ちゅ、と角度を変えながら、唇を吸ってくる。

「ん……んん……」

初めてのキスはただただ驚いて、感触なんてわからなかった。でも、こうして長く唇を合わせていると、少し……ほんの少しだけれど余裕が出てきた。

柔らかくて、温かくて、気持ちいい。こうしていると、雪みたいに幸せと愛おしさが胸の中に降ってくる。

「ローゼの唇、柔らかいね」

「オスカー様も……ん……」

「ずっとこうしたかった。またローゼの唇に触れられるなんて夢みたいだよ」

「私もです」

また唇を重ねられ、私はオスカー様の背中にそっと手を回す。

私も吸ってもいいのかしら……。

二年前はオスカー様にされるがままだったけれど、二度目となるとほんのわずかにそんなことを考えられる余裕がでてきた。

はしたないと思われる？

でも、オスカー様に吸われるたびに気持ちよくなるから、私が吸ったら彼もそうなってくれるのではないだろうか。

オスカー様にも気持ちよくなっていただきたい。

迷いながらも吸ってみると、さらに情熱的なキスになる。

「ん……ぅ……んんっ……」

ああ、気持ちいい……。

不思議だ。こうしていると、言葉を交わす以上に仲が深まるように感じる。

「二年間気が気じゃなかったよ。ローゼは綺麗で、可愛くて、優しい天使みたいな女の子だから、誰かにとられるんじゃないかって気が気じゃなかった」

「そう思ってくださるのは嬉しいんですが、誰かなんていませんよ。それに万が一いたとしても、私の心はオスカー様だけです」

「俺もだよ。二年間、ローゼのことばかり考えていた。そしてこれからもキミのことばかり考えるよ」

お互いどちらからともなく唇を重ね、吸い合った。

あまりに幸せで、胸が震えるのがわかる。

自然と開いた唇の間から、オスカー様の舌が入ってきた。舌を絡められていると、舌を抱きしめられているみたいに感じる。

気持ちいい……。

「ん……っ……んんっ……」

キスに夢中で、呼吸を忘れてしまう。

「は……っ……ん……んぅ……っ」

苦しくなってようやく息が止まっていることに気付いて、何とか吸う。でも、また忘れての繰り返し。

咥内をなぞられ、舌を絡められ、擦りつけられるたびに、快感で肌がゾクゾク粟立つ。

唇を合わせ、舌を絡ませ合う音が鼓膜を震わせ、私の興奮を煽る。

触れられているのは唇と舌なのに、お腹の中が……秘部が疼き出す。

「ん……ぅ……んんっ……」

オスカー様は私の唇や咥内を刺激し続け、私は未知の刺激に翻弄された。広い背中に回した手に力が入って、彼のシャツがクシャクシャになる。

このままだとおかしくなりそう。でも、やめてほしくない。

肩からショールが滑り落ち、オスカー様の足元に落ちた。わずかな音なのに、やけに大きな音に感じる。

オスカー様の手が太腿に置かれ、身体がビクッと跳ね上がった。

あっ……！

布越しでも、オスカー様の体温が伝わってくる。オスカー様は舌を動かしながら、私の太腿を撫でた。

「ん……は……んんっ……」

大きな手が意味深に動くたび、身体が熱くなっていく。お腹の奥が熱くて、何かがトロリと溢れてくる。

どうしよう。もっと触れてほしくて、おかしくなりそう。

「ローゼ……」

「は、はい……」

「キスだけじゃやめられそうにないって言ったら、キミは困るかな？」

熱いお腹がキュンと切なく疼いて、私はすがりつきたい衝動を必死に堪えて首を左右に振った。

「嬉しいって言ったら、オスカー様はどうしますか？」

自分で尋ねておきながら、ものすごく恥ずかしくなってきた。オスカー様の顔を見ていられなくなって思わず両手で顔を隠すと、身体がふわりと浮く。

「えっ！　きゃっ⁉」

驚いて手を退けたら、オスカー様が私を横抱きにして歩いていた。

「あ、あの、オスカー様……あっ」

ベッドに寝かされ、さっきからうるさいぐらい脈打つ心臓がさらに騒ぎ出す。

「どうするって……それはもちろん、やめないに決まっているよね」

オスカー様が覆い被さってきて、耳や首筋を吸われた。

「んっ……」

くすぐったい。サラサラ金色の髪が当たってなおさら。でも、それが幸せで堪らない。

「いい香りがする」

「あ……ニーナが入浴した後に、薄く香水をつけてくれて……」

「それもいい香りなんだけれど、ローゼの元々の香りがいい匂いなんだよ。甘くて、ずっと嗅いでいたくなる」

「甘い……ですか？」

「わからない？」

「はい、全然」

「自分の匂いって、本人はわからないって言うもんね」

大きな手に胸を包み込まれ、ゆっくりと揉まれた。

「あっ……」

薄い布越しに、指の感触が伝わってくる。胸の形を変えられるたびに、羞恥心と興奮が入り混じり、また身体が熱くなっていくのを感じた。

「二年前より大きくなったね」

「えっ！　わかりますか？」

　気付かれるなんて思わなかった。

「うん、もちろんわかるよ。二年前は手の平に収まるぐらいだったのに、今はこんなにはみ出るよ。ほら」

「……っ……ン……ぁ……っ」

　指が食い込むたびに、肌がゾクゾク粟立つ。

「やっぱり大きくなった。柔らかくて、触り心地がすごくいいよ。直接触れてもいい？」

　恥ずかしくて声に出せず、私は黙って頷（うなず）いた。

　長い指が私の胸元のリボンを解いて、ボタンにかかる。

　一つ、また一つ外されるたびに、心臓の音がどんどん大きくなり、興奮が高まっていく。

　すべてのボタンを外されて、ナイトドレスが肌を滑り落ちた。今まで隠れていた場所に、オスカー様の熱い視線を感じる。

「綺麗な身体だね」

　あまりにも恥ずかしくて、両手を交差させて胸を隠す。

「どうして隠すの？」

「ご、ごめんなさい。恥ずかしくて……」

ドロワーズの紐(ひも)を解かれ、足からゆっくり引き抜かれた。これでもう、肌を隠すものはなくなった。

「見たい。見せて」

「あ、あの、明かりを消させてください。これじゃ明るすぎて、恥ずかしいです……」

「嫌だ。せっかくのローゼの身体が見えなくなってしまうからね」

「そ、そんな……」

「二年前だって途中でランプの明かりが消えて、すごく悔しかったんだ。今日は思う存分見せてもらうよ」

「え……ええっ……」

恥ずかしさのあまり、思わずうつ伏せになった。

「ローゼ?」

「ご、ごめんなさい。恥ずかしすぎて……」

「ふふ、可愛いね」

お尻を撫でられ、くすぐったくてビクビク身悶(みもだ)えしてしまう。

「あっ……」

そ、そっか、お尻、見えちゃってるんだ。

どこもかしこも、見られて恥ずかしいところばかり。でも、前を見られるよりお尻を見られる方が恥ずかしくないような気がする。

「可愛いお尻が見られるのも嬉しいけれど、前も見たいな。俺はローゼのすべてが見たいんだ」

そ、そうよね。いつまでも、こうしているわけにはいかないわ。

わかっているのになかなか勇気を出せずにいると、お尻にチュッとキスされた。

「ひゃっ！　そ、そんなところにキスしちゃダメです」

思わず飛び起きてしまい、すべてを見られた。

「そんなところって、どんなところ？」

「あっ」

身体を隠そうとした両手を掴まれ、組み敷かれた。

「ねえ、どこにキスしちゃダメなのかな？」

「……っ……お、お尻……」

「じゃあ、他はどこにキスしてもいいよね」

胸に唇を押し当てられ、ビクッと身体が揺れた。

「あっ……」

身体を隠そうとしていた手から力が抜けたのに気付いたのか、オスカー様は押さえるのをやめ、私の胸を揉み始めた。

「やっぱりローゼの胸は柔らかいね。でも、柔らかいだけじゃなくて張りがある。すごく触り心地がいいよ。ずっと揉んでいたいぐらい」

「んっ……ずっと……なんて……ぁっ……お、おかしくなってしまいます……」

「可愛い……ローゼがおかしくなるところ……ものすごく見たいよ」

ちゅ、ちゅ、と吸われるたびに、胸の先端が尖っていく。触れられているのは胸なのに、どうして？　お腹の奥が切なくて堪らない。

「乳首が尖ってきた。ピンク色で可愛い……ローゼは可愛いところだらけだね」

先端の周りを舌でクルクルなぞられると、ますます尖っていくのがわかる。

「ぁん……んんっ……ぁっ……」

先端をぺろりと舐められたその時、そこから全身に甘い快感が広がった。

「あっ……！」

な、何？

舌先で遠慮がちに転がされ、私はビクビク身体が揺れる。

「ローゼ、乳首を舐められるのはどう？　乳首を弄られるのが苦手な人もいるって聞くけれど、ローゼはどう？　気持ちいい……かな？」

オスカー様は顔を上げ、恐る恐ると言った様子で尋ねてくる。興奮で潤んだ瞳がとても色っぽくて、なんだか見てはいけないものを見ているような気分だ。

「んっ……気持ち……い……です……ぁっ……んんっ……」

指で弄られるのも気持ちよかったけれど、舌も気持ちいい。

布が擦れてもなんともないのに、どうしてオスカー様に触れられるとこんなにも気持ちがいいの？

「よかった。俺はローゼの乳首を舐めるのが好きだから、ローゼが気持ちよくなってくれて嬉しいよ」

オスカー様は再び私の胸の先端に舌を伸ばし、ねっとりと舐めた。今度は遠慮が感じられない。きっと私が気持ちいいと言ったからだろう。

「ん……ぁっ……んんっ……」

根元からぱくりと咥えられ、キャンディを楽しむかのように転がされる。

遠慮がちに舐められるのもよかったけれど、大胆に刺激されるのもすごく気持ちがいい。

オスカー様に触れられると、どうしてこんなにも気持ちがいいの？

「ああ……なんて可愛らしくて、いやらしい感触なんだろう。癖になりそうだよ……いや、もう癖になってる」

オスカー様に可愛がられていた胸の先端は、濡れて明かりを反射し、テラテラ光っている。たった今まで舐められていた証拠で、見ているとますますお腹の奥が切なくなった。

膣口からどんどん熱いものが溢れ、反対側も弄られるとますます身体が昂ってしまう。

「んっ……ぁんっ……は……んんっ……」

聞いたことのない、自分とは思えない声が唇から零れる。

恥ずかしい……オスカー様に変だと思われたら、どうしよう。

我慢しようとしても、喉を突いて飛び出してしまう。手で押さえていたら、その手を避けられた。

「口を押さえたら、酸欠になるよ」

「大丈夫……です」

本当は苦しい。でも、恥ずかしいよりは幾分いいわ。

「もしかして、声を気にしてる？」

頷くと、胸の先端をチュッと吸われた。

「ぁんっ！」

「そんなの気にしないで」

「で、も……私……っ……変な声……」

「変なんてとんでもない。可愛い声だよ」

「こ、こんな声がですか？」

「こんな声だなんて言わないで。すごく可愛いし、聞いていたいから我慢しないでほしいな」

まさか、そんな風に言ってもらえるだなんて思っていなかった。

「わかりました。オスカー様、ありがとうございます」

「ふふ、でも、声を気にしちゃうローゼも可愛いよ」

指で乳首を抓まれ、また一際大きな声が出た。

「ぁんっ！」

褒めてもらえたし、聞きたいと言われたけれど、やっぱり恥ずかしい。

一方を舌で舐め転がされ、もう一方を指で可愛がられ、お腹の奥がどんどん熱くなって、秘部がとても切ない。

「んっ……ぁっ……」

あまりにも切なくて、触れてほしくて堪らない。

私、どうしてこんな淫らなことを考えてしまうの？

何気なくお尻を動かすと、そこにわずかな刺激が走ることに気が付いた。切なさが少しまぎれる気がしてモジモジ動かしていたら、太腿を撫でられた。

「ぁ……っ」

「お尻が動いてるね」

バレてた……！

顔から火が出そうになる。

「どうして動いてるのかな？」

「そ、それは……」

「教えて？」

耳元で囁かれるとゾクゾクする。

「ん……あ、足の間が切なくて……」

恥ずかしいのに、気が付くと口にしていた。

「ふふ、ここ？」

太腿を撫でていたオスカー様の手が伸びてきて、長い指が私の秘部に触れた。

「ぁんっ！」

触れられた瞬間、甘い刺激がそこから全身へ広がる。

くちゅっと淫らな音と共に、変な声が出た。

「ここであってるかな？」

高熱を出したみたいにクラクラする頭を頷かせると、オスカー様が再び指を動かし始めた。

「あっ……んんっ」

なんて、気持ちいいの……。

指を動かされるたびに、お尻を動かして得られる刺激なんて比べ物にならないぐらいの快感が襲ってくる。

「んっ……ぁっ……あぁっ……」

「こんなに濡れてくれたんだ。嬉しい」

「んっ……は……ずかし……です……」

「恥ずかしくなんてないよ。こうして濡れるのは、ローゼが俺で気持ちよくなってくれているからで、俺を受け入れようと頑張ってくれてる証拠なんだから」

クチュクチュ淫らな水音が聞こえて、その音は快感が強くなるにつれて、どんどん大きくなっていく。

「可愛い……ローゼのここ、ヒクヒクしてるよ」

「ぁっ……ぁっ……んんっ……」

二年前に初めて体験した身体が浮き上がりそうな感覚がやってくる。

「んっ……オスカー様……わ、私……」

身体が浮き上がりそうな感覚がやってくる。

「達きそう？」

オスカー様の広い背中に手を回して、しがみ付きながら頷く。すると、指の動きが速くなった。

ヌルヌルの蜜をまとった指に敏感な粒が擦れ、ふわふわしていた身体が一気に浮き上がり、頭が真っ白になる。

「ひゃっ……ぁっ……んんっ……い、いっちゃ……ぁっ……あぁぁっ！」

身体がガクガク震え、全身の毛穴がブワリと開く。二年ぶりの絶頂はあまりにも甘美で、身体中がとろけていく。

オスカー様の背中に回していた手から力が抜け、シーツに落っこちた。彼は手を動かすのをやめ、私にちゅ、ちゅ、と甘いキスの雨を落としてくれる。

「んっ……んんっ」

友人たちと集まれば、淫らな話になることがある。

以前まではなんとなく気恥ずかしくて、友人とそういう話になってもあまり積極的にはなれなかった。

でも、この二年間の間で性に対して興味がわいて……というか、オスカー様と再会できたらまたこういうことをするのだと思ったら、色々知りたいと思うようになり、耳を傾けるようになった。

どうやらこうして女性を絶頂に導くには、男性側が相当経験を積んでいないと難しいらしい。

オスカー様は、女性に慣れていらっしゃるのね……。

こんなに素敵な方なのだから、周りの女性が放っておくはずがない。でも、私以外にオスカー様の唇や指を知っている人がいると思うと、胸が苦しくなった。

「ローゼ、どうしてそんな顔をするの？」

私、表情に出してた⁉

「い、いえ、あの……」

「俺に触られるの、嫌だった？」

不安そうに尋ねられ、私は慌てて首を左右に振った。

「ち、違うんです！」

「じゃあ、どうしたの？」

「その……オスカー様が過去にお付き合いしていた女性に、嫉妬してしまいました……」

嫉妬深い女だと、呆れられてしまうだろうか。でも、嘘は吐きたくなかったので正直に話した。

「嫉妬してくれるのはすごく嬉しいけれど、俺は過去に深い関係になった人はいないよ。ローゼが初めてで、最後の人だ」

「えっ……！　ほ、本当ですか？　じゃあ、どうしてこんなに気持ちよくさせるのがお上手なんですか？」

驚きのあまり思わず尋ねると、オスカー様が嬉しそうに口を綻ばせた。

「人から聞いたり、本の知識で実際にしたことはないから、ローゼを気持ちよくできるか心配だったんだけれど、そう感じてくれたならよかった」

オスカー様に触れられたのは、私だけ……。

胸の中にあった苦しさが、どこかに溶けていくのを感じる。

「……二年前よりうまくなってる？」

「えっ？」

「いや、二年前はこういうことにまるで興味がなかったから勉強不足で……ローゼをちゃんと気持ちよくできているか不安だったんだ。それでこの二年間で色々勉強したから、少しはうまくなっているといいなって思って」

私が興味を持ってそういう話を積極的に聞くようになったのと同じく、オスカー様も勉強していらっしゃったなんて……！

嬉しくて、顔がにやけてしまう。

「どう、かな？」

「あの、二年前も……き、気持ちよかったですし、今もとても……」

恥ずかしいけれど正直に伝えると、オスカー様が嬉しそうに笑う。

「そっか、よかった。……もっと気持ちよくしたいな」

達したばかりの身体はより敏感になっていて、指を少しでも動かされると辛いくらいの快感が襲ってくる。

「ぁっ……動かしちゃ……っ……ン……い、今……動かしちゃだめぇ……っ」

「あ、ごめん。達ったばかりは、触れられると辛いんだったね」

オスカー様は手を引き抜くと、指についた私の蜜をペロリと舐めとった。

「や……っ……そ、そんな汚いの舐めないでください！」

「汚くなんてないよ。もっと舐めたいな」

「だ、駄目です。あっ……」

指についた蜜を全て舐めとったオスカー様は、私の膝裏に手を入れる。

ま、まさか……。

足を左右に開かれるのがわかって、私は慌ててその手を掴む。

「見せて？」

「こっ……こんなところ、お見せできません……っ……は、恥ずかしいです……」

「俺のも見たんだから、ローゼも見せてくれないと不公平だよ」

「えっ！　私、見てません」

「忘れちゃった？　二年前、初めて会った時……」

顔がカッと熱くなった。

「あっ」

濡れた身体を拭いて着替えさせる時、確かにオスカー様の身体を見てしまった。

極力見ないように着替えさせたつもりだけれど、どうしても見ないと上手くできないこともあった。

「思い出した？」

「あ、あれは、やましい気持ちはなくて、仕方なく……だ、だって、見ないと拭いたり、手当てしたりできなかったんです」

「うん、本当にありがとう。俺もやましい気持ちはないよ。淫らな気持ちにはなっているけれど」

ゆっくりと足を開かれる。

「あ、あ、駄目です！　でも、私、オスカー様の……そ、そこは、見てないです」

「本当に？」

「……っ……み、見てないです」

嘘だった。見てしまった。でも、ここで本当のことを言ったら、見られる流れになってしまう。

「そっか」

オスカー様はにっこり笑って、私の足をさらに広げていく。

「あっ……！　えっ!?　ま、待ってくださ……っ……きゃあっ……！」

恥ずかしい。こんなところ見られたくないのに、足に力が入らなくて開かれてしまった。その瞬間トロリと蜜が溢れて、シーツに滲みるのがわかる。

オスカー様の視線を感じ、湯気が出ているのではないかってぐらい顔が熱い。

「なんて綺麗なんだろう……」

「や……っ……き、綺麗なはずないです……っ」

「すごく綺麗だよ。可愛いピンク色が蜜で濡れて光っていて、薔薇が朝露で濡れているみたいだよ。ああ、本当に綺麗だ」

「そ、そんなことおっしゃらないで……わ、私、恥ずかしくて、どうしていいかわからなくなります……」

「大丈夫、ローゼはただ気持ちよくなって」

オスカー様の綺麗なお顔が、足の間にだんだん近づいてくる。

「あっ……そ、そんな近くで見ないでください……」

あまりに恥ずかしくて、目を背けてしまう。

「近付かないと、気持ちよくできないから」

え……？

気持ちよくって、まさか……。

慌てて逸らしていた目線を元に戻すとほぼ同時に、敏感な場所に温かいものがヌルリと触れ、甘い快感が襲ってきた。

これってもしかして……。

甘い快感に痺れながらも恐る恐る確認すると、予想通りオスカー様の舌が私の秘部を可愛がっていた。

「あぁっ……！　や……っ……だめ……オスカー様、そんなとこ……っ……舐めちゃ……んっ……汚……ぃ……です……あっ……あぁっ……！」

舌先で敏感な粒を捏ねくり回され、身体がビクビク跳ねる。

駄目だと言いながらも、あまりにも気持ちがよくて、本当にやめられたら泣いてしまいそうだ。

「ローゼに汚いところなんてないよ。どこも全部綺麗だ」

ちゅっと吸われ、腰が浮いた。あまりの気持ちよさに頭が真っ白になって、悲しくもないのに涙がこぼれた。

「ひ、ぁ……っ」

「興奮してるせいかな、すごく暑い」

オスカー様は身体を起こすと、「あっ」と声を上げた。

「えっ……どうなさいました？」

「暑いはずだ。ローゼに夢中で、自分は脱ぐの忘れてたよ」

苦笑いを浮かべるオスカー様が可愛くて、笑ってしまう。

「お手伝いします」

「うん、ありがとう」

身体を起こして、オスカー様のシャツのボタンに手をかける。

脱がされるのもドキドキするけれど、脱がせるのも緊張するわ……。

一つ、また一つボタンを外していくと、二年前のことを思い出す。

あの時は、自分に好きな人ができることも、ましてや好きな人と結婚できる未来が来るなんてことも想像できなかった。

ああ、なんて――。

「幸せ……」

「え？」

オスカー様の青い目が丸くなるのを見て、口に出していたことに気付く。

シャツを脱がせながら「幸せ」なんて、淫らな女の子だと思われてもおかしくない。

「ち、違うんです。シャツを脱がせることに幸せを感じているのではなくて、淫らな考えで言ったのではなく」

「ふふ、俺は淫らな意味でも大歓迎だよ？」

「ほっ……本当に違うんです！　オスカー様とこうして一緒になれるのが幸せと言う意味でして……あっ！　でも、シャツを脱がせることを許してもらえるということは特別なことで、幸せを感じていないわけでなく……」

あ、あら？　私、何を言っているの？

「ご、ごめんなさい。最初から言わせてください。え、えっと、あら？　な、なんて言おうとしたんだったかしら……」

　混乱のあまり何も思い浮かばないどころか、何を言っていたかも思い出せない。そもそも私は裸で何を言っているんだろう。

　狼狽しながらとりあえず胸を隠すと、オスカー様がクスクス笑ってその手を退ける。

「胸を隠したら、脱がせられないだろう？」

「は、はい……」

「ふふ、いい眺め」

「えっ！」

「ああ、ごめんね。思っていることをつい口にしてしまったよ」

　オスカー様が、私の身体を見ているわ……。

　彼の視線を感じたら、恥ずかしくて、緊張して、指が震えてしまう。最後までボタンを外すと、しっかりと筋肉の付いた健康的な身体が見えた。

「パンだけじゃなく、しっかりお食事を召し上がっていらっしゃるんですね」

「ローゼと約束したからね」

「約束を守ってくださって、ありがとうございます」

　シャツを脱がせて視線を下に落とすと、トラウザーズの真ん中が盛り上がっていた。

「あっ」

思わず声を出してしまった。

こ、これって……。

見てはいけないものを見てしまったような気がして、斜め横を向くと耳にチュッとキスされた。

「んっ」

「声を出して、どうしたの？」

尋ねていながらも、何もかもわかっているかのような声音に聞こえるのは、気のせいかしら。

「あ、の……その……お、大きく……」

「うん、ローゼに興奮して大きくなったんだよ。このままだと苦しいな。早く脱がせて？」

「あっ……！　ごめんなさい。すぐに……」

そうよね。こんなに大きくなっているんだもの。苦しいに決まっているわ。私ったら、いっぱいいっぱいで、情けないぐらい気遣いができていない。

慌ててトラウザーズの紐を解いて前を寛がせると、大きくなったオスカー様の分身が飛び出した。

「ええっ!?」

変な声が出た。だって、二年前に見たのと大きさと形が全然違う。あの時も正直大きさに驚いた。

自分に縁はないけれど、男女が結ばれるには男性の欲望を女性が受け入れることも知っていて、密かにこんな大きいものが入るのかと驚いたものだ。

でも、今、さらに驚いている。あの時ですら想像を遥かに超える大きさだったのに、目の前に見えているそれはもっと大きい。色も違う気がする。

「どうかした?」

「ま、前より大きくて……か、形も……」

つい、本心を口にしてしまう。

「やっぱり見ていたんだ?」

クスッと笑われ、自分の失言にそこでようやく気が付いた。

「あっ……そ、それは……その……っ……ごめんなさい。どうしても目を瞑(つぶ)っては、着替えさせられなくて」

「大きさも、形もどんなものだったかはっきり覚えられるぐらい、じっくり見てたんだ?」

「じっ……じっくりは見ていないです!　目を細めて、極力見えないようにしていました!　ほ、本当です……っ」

本当のことだけれど、見えていたか、見えていないかで言うと……見えていたのよね。目を細めても、意外と見えるものだということに、あの日初めて気が付いた。

でも、じっくりなんて見ていない。それは神に誓って言える。

だって自分が反対の立場だったら？

怪我をして気を失っている間に、初対面の人に身体を好き勝手見られるなんて絶対に嫌だもの。

ただ、少し見ただけでもしっかり覚えてしまうほど印象が強かっただけだ。

「顔、真っ赤だね。可愛いなぁ」

「……っ」

恥ずかしくてオスカー様のお顔が見られない。しかも裸なので、どこを見ていいかわからずにシーツの皺を凝視する。

「どこを見ているの？」

「シーツの皺を……」

「ふふ、そんなところ見ないで、俺の方を向いてよ。せっかく二年ぶりに会えたんだからさ」

そうよね。奇跡みたいな時間だもの。恥ずかしがっている場合じゃないわ。大切にしなくちゃ……。

羞恥心を押し潰して、オスカー様のお顔を見る。

にっこり柔らかな微笑みを浮かべられると、うっかり日の当たるところに置いてしまったチョコレートのようにくにゃくにゃとろけてしまいそうになる。

あのチョコレートをパンに塗るとまた美味し……って違う、違う。私ったらこんな時に何を考えているのかしら。

そんなことを考えていたら、押し倒された。

「あ……っ」

「からかってごめんね。俺の身体はローゼのものなだから、どこを好きに見てもらっても構わないんだ。ちょっと恥ずかしいけれどね」

か、からかわれていたのね……。

頭の中がいっぱいで、気が付かなかった。

「もう、オスカー様……っ」

「ふふ、ごめん、ごめん。……ねえ、触ってほしいな」

「はい、どこをですか？」

「この流れでいけば、当然ここ」

オスカー様は私の手を取ると、大きくなった欲望を握らせた。

「あっ……」

私、オスカー様のに、触ってる……！

不思議な感触だ。しっとりしていて、温かくて、思った以上に硬い。

「ローゼの手、温かい」

「オ、オスカー様のも、温かいです」

見るよりも、触った方が大きく感じる。こんなにも大きいものが、本当に私の中に入るの？

「そうかな？　あ、ちなみに形と大きさが違うのは、ローゼの胸みたいに成長したんじゃなく、興奮すると変わるからだよ」

「えっ！　そうなんですか？」

「うん、フニャフニャじゃ入らないだろう？」

オスカー様は私の手を操って、上下に動かす。

「ん……こうして、上下に動かしてほしいな……」

「こ、こうですか？」

「う、ん……く……っ」

自主的に動かしてみるとオスカー様が小さく声を漏らす。ここは急所だと聞いたことがある。

「ごめんなさい！　い、痛かったですか？」

「ううん、気持ちいいよ」

よかった。痛かったから声が出たわけじゃなかったのね。

「俺もローゼに触りたいな」

オスカー様の手が私の秘部に伸びてきて、私の膣口に触れた。

「ぁっ」

触れられた瞬間、ビクッと身体が跳ねる。

「小さくて可愛い穴だね。指……入れてもいいかな?」

「は、はい」

緊張して身体が強張ってしまうけれど、敏感な場所を親指で撫でられるとまた力が抜けて、オスカー様はその時を狙うように指をゆっくり入れてくる。

「んっ……」

私の中に、オスカー様の指が……。

「ローゼ、痛くない?」

「少しピリピリします……でも、大丈夫です……」

「よかった」

まだ、指一本しか入っていないのに、中にもう隙間がないのが感覚でわかる。オスカー様の分身は指より当然太くて大きい。

　ほ、本当に入るのかしら。入らなかったらできないわよね？　もし入らなかったらどうしよう。

　ぐるぐる考えていたら、オスカー様が指を動かし始めた。

「ぁっ……んんっ……」

「大丈夫？　動かすと痛い？」

　動かされると、ピリピリした感覚が強くなる。内臓の中に触れられているような……変な感じがして、どう受け止めていいかわからない。

「は、い……大丈夫です」

「どんな感じ？」

「へ、変な……感じです……んっ……」

「変な感じってことは、気持ちよくはないんだね？」

「ん……はい……さっきみたいな気持ちよさは……んっ……ない……です……」

　気持ちよくはない。

　でも、自分の中をオスカー様に弄られていると思ったら、興奮して身体がどんどん熱くなっていく。

指が動くたびにグチュグチュいやらしい音がするのも、さらなる昂ぶりに繋がった。

「慣れてくると、ここを弄っても気持ちよくなれるそうだよ」

「そ……なんですか？」

「うん、指を入れても、ローゼが今握っている俺のを入れても、気持ちよくなれるそうだから安心して」

そういえば、手が留守になっていた。また動かし始めると、私の中に入っていたオスカー様の指がピクリと内側に動く。

「ぁン！」

その指がある一点に当たると、湧き上がるような快感がそこから全身に走った。

「ローゼ、ここが気持ちいい？」

そこを何度も押されると気持ちよくて、またすぐに手の動きが止まってしまう。

「ぁっ……ぁっ……気持ち……いっ……んんっ……」

また奥から蜜が溢れてきて、指の動きと共に淫らな水音が大きくなった。中がとろけて、解れていくのが、自分でもわかる。

さっきまでは動かすのが大変そうだった指が、だんだん抵抗なく出し入れできるようになってきていた。

「こっちも一緒に触ったら、きっともっと気持ちよくなれるよ」

「え？　ひぁ……っ!?」

割れ目の間にある粒を撫でられ、強い快感が襲ってくる。中に入っているオスカー様の指をギュウギュウに締め上げた。

「ふふ、すごい締め付け……気持ちいいんだね。よかった。もっと気持ちよくなって」

私も……私もオスカー様を……。

次々と押し寄せる快感に翻弄されながらも、必死になってオスカー様の欲望を上下に擦った。そうしているうちに手の平がヌルヌルして、滑りがよくなる。

男の人も、触っていると濡れてくるのね。

「んっ……ローゼ、気持ちいいよ……キミに触れてもらえるなんて夢みたいだ……」

オスカー様の頬はほんのり赤くなっていて、瞳は熱っぽく潤んでいる。本心からの言葉だとわかって、心が震えた。

嬉しい……。

「あっ……私も……です……んっ……ぁんっ……んんっ……！」

次々身体が浮き上がりそうになる感覚がやってきた。

「オスカー様……私、また……」

「ふふ、達きそう？」

「いっ……あっ……あぁあぁっ！」

話している最中に快感の頂点に達し、私は大きな嬌声を上げて絶頂に痺れた。

身体から力が抜けて、包んでいたオスカー様の欲望からも手が離れてしまう。

「こんなに感じてくれるなんて嬉しいよ」

唇をキスで塞がれ、幸せと気持ちよさで心と身体が同時に震えた。

「ローゼ、今度は指じゃなくて、こっちを入れたいな」

大きな欲望で花びらの間を擦られ、ビクビクと震えた。

「んっ……は、はい……入れて……ください……」

初めては痛いと聞く。

実際にオスカー様の欲望を見て納得した。こんなに大きなものを入れるのだから、痛くないはずがない。

怖くない……と言えば嘘になる。でも、それ以上に早くオスカー様と一つになりたかった。

「……なんだか、色っぽいね」

「え？」

「入れてください……なんて言われたら、ますます興奮するよ」

そんなこと言われたら、なんだか急に自分の発言が恥ずかしくなってくる。

「だ、だって、オスカー様がお聞きになるから……」

「ふふ、そうなんだけれど……ねえ、もう一回入れてって言ってみて？」

「いっ……嫌ですよ！　もう……っ」

オスカー様は割れ目の間を欲望で何度かなぞり、さっきまで指を入れていた膣口に宛がった。

「力を抜いて。そうしないと、辛いらしいから」

「は、はい……」

いよいよなのね……。

おかしくなっちゃうんじゃないかと思うぐらいに、心臓の音が速い。緊張しないようにと思うほどに力が入って、どうやって力を抜いていいかわからなくなってしまう。

「ローゼ、愛してるよ」

でも、そう言われた瞬間――心がとろけて、身体からも力が抜けた。オスカー様がゆっくり中に入ってくる。

「痛っ……！」

少し入れられただけなのに、経験したことのない痛みが襲ってくる。目の前が真っ赤に染まって、歯を食いしばった。

「……っ……ごめん。すごく濡れてたけれど、やっぱり初めてだと、痛い……ね」

オスカー様はそれ以上無理に入れることはなく、優しく頭を撫でてくださった。

痛い。でも、気持ちいい。

こうしてもらうと、何でもできそうな気がする。それにこの痛みを越えないと、夫婦になれない。

オスカー様と一緒になれるためなら、どんなに痛い思いをしても平気だ。

「大丈夫……です。だから、オスカー様……」

痛みのあまり、虫の羽音のような声しかでなくて自分でも驚く。私は広い背中に手を回し、ギュッと抱きついた。

「ありがとう。じゃあ、もう少し頑張って……」

オスカー様は私を気遣いながら、ゆっくりと欲望を入れてくる。

「んんっ……」

少し進んでくるたびに痛みが襲ってきて、目の前が真っ赤に染まった。あまりの辛さに、頭がぼんやりしてくる。

『痛いことはね、一気に終わらせた方が楽よ』

そういえば、お母様がそんなことを言っていた。

幼い頃、子供の歯が抜けそうでなかなか抜けなかった。するとお母様が歯に糸を縛り付けて、一気に引き抜こうとして恐怖に震えた。

『そんなの嫌！　怖い！　普通に抜くより絶対痛いもの！』

そうは言ったけれど、実際には一気に引き抜いた方が痛くなかったのよね……。

ゆっくり抜こうと弄っていた時の方が、痛みが長引いて辛かった。

指に棘が刺さった時も、ゆっくり抜くより一気に引き抜いた方が痛くない。庭で転んで傷を洗わなければいけない時ちょっとずつ洗うよりも思い切ってざぶっと洗った方がいい。傷に薬を付ける時もそうだった。

じゃあ、もしかして……今も？

「オスカー……様……」

「うん？」

「い、一気に……」

痛くて、短くしか話せない。

「え？」

「一気にお願いします」

オスカー様が目を丸くする。

「どうして？　一気に入れたら、きっとすごく痛むと思うよ。もし、俺に気を遣って言っているなら……」

「ち……っ」

すぐに違うと言いたかったのに、声が詰まって言えずに首を左右に振る。深く吸うのが辛くて浅い呼吸を何度か繰り返して、ようやく小さな声が出た。

「違い、ます……痛い……のは、一気に……終わらせた方が辛くない……から……お願いします……」

「本当に？」

「はい……だから、早く……」

オスカー様は少し迷っている様子だったけれど、私がまた急かすと一気に奥まで入れてくださった。メリメリと音が聞こえた気がする。

「……っ……ひぐっ……！」

あまりの痛みに喉が引き攣り、息が止まった。今まで生きてきた中で、一番の痛い経験だった。涙がボロボロこぼれ、気が遠くなっていく。

「ローゼ、大丈夫……？」

あっ！　私、途中で……！

一瞬気絶しそうになったけれど、オスカー様に声をかけられて目を覚ました。

大丈夫じゃない。でも、大丈夫だと伝えなくては……。

「う……」

中を隙間なくみっちり塞がれてお腹が苦しいのと、痛みで声が出せない。

繋がっているところがズクズク脈打って熱い。

こんな痛みは、初めてだわ。

「ごめん。大丈夫じゃないよね……どうして女性ばかり辛いのかな。男も痛みを分け合えたらいいのに……」

オスカー様が悲しそうに私を見下ろし、優しく髪を撫でてくれる。

「大……丈夫です……」

「優しいね。無理しなくていいよ」

オスカー様の方が優しい。

すごく痛い。でも、オスカー様に痛みがなくてよかったと心から思う。

どちらからともなく唇を重ね、ちゅ、ちゅ、と吸い合っているうちに、鋭い痛みがだんだん和らいできた。

「俺ばかりが気持ちよくてごめんね」

「気持ち……い……ですか？」

「うん……すごく……」

私の中でオスカー様が気持ちよくなってくれていると思ったら、嬉しくて堪らなかった。

「オスカー様……動い……てください……」

「無理しないで。今日は動かなくても、こうして少しの間ローゼの中にいられたことで十分だよ。動くのはまた次回で、ゆっくり慣らしていこう？」

男性を受け入れるだけで終わりじゃないことは、私も知っている。

動いて、子種を注いでもらうまでが一連の流れなのよね？　ここで終わったら、一緒になったとは言えないような気がする。

私は焦っていた。

好きな人と結ばれるなんてありえない状況で生活していたせいだろうか。オスカー様がくださった幸運を逃したくない。

「今、抜くから……」

「や……嫌……だめ……」

「ローゼ？」

「最後まで……してください。このまま終わるなんて嫌……オスカー様……最後まで……お願

い……」

　ギュッと抱きついてうわ言のように繰り返し呟（つぶや）いて懇願すると、オスカー様が強く抱き返してくれる。

「好きな子にそんなこと言われたら、自制できないよ……」

「しないでくださ……い……」

「もう我慢できないと思ったら、教えてくれる？」

　抱きついたまま頷くと、オスカー様はゆっくり腰を動かし始める。するとまた痛みが襲ってきて、奥歯を噛みしめた。

「う……っ……んんっ……」

「ローゼ、痛い？」

「痛い……です……け……ど、大丈夫……です……やめ……ないで……」

「うん、やめたりしないよ……」

　余裕のない声で囁かれるとゾクゾクする。自分の意志とは関係なく中が強く収縮してしまう。

「……っ……う」

　オスカー様がビクリと身体を引きつらせ、小さく声を漏らす。

「ご、ごめんな……さっ……痛かった……ですか？」

「嫌、逆……」

「ぎゃく？」

「うん、ローゼの中がギュッと締まって、すごく気持ちいいんだ……ローゼが痛い思いをしてるのに、ごめん……」

オスカー様が、私の中で気持ちよくなってくださっている……。

とても嬉しくて、涙が出てくる。

「謝らないでください……私、嬉しいです……もっと、気持ちよくなってください」

「ありがとう。でも、できるだけ早く終わらせるから」

動かされるたびに痛みが襲ってくる。でも、時間が経つにつれて、その痛みに慣れてきた。

そうするとほんの少しだけ余裕が出てきた。

オスカー様の気持ちよさそうな表情、息遣い、時折聞こえる声が愛おしくて、胸の中が温かくなる。

ああ、なんて幸せなんだろう。

オスカー様はやがて絶頂に達し、結婚する前に妊娠させるわけにはいかないからと子種を外に出した。

人生で一番痛くて、そして一番幸せな夜だった。

第三章　オスカー・レヴィン

ローゼと初めて愛し合ってからというもの、俺は毎夜、夜食を持ってローゼの部屋を訪ねていた。

彼女から貰った料理は、今ではレシピを見なくても作ることができる。

ちなみにローゼが書いてくれたレシピは、自室の机の引き出しの中で大切に保管し、ローゼに再会するまでの二年間、時折見返しては思い出に浸っていた。

「今日はミルクスープにしてみたよ。熱いから気を付けてね」

「わあ、美味しそうです。いただきます」

ローゼがすぐ手の届く位置にいるなんて夢みたいだ。

俺の作ったスープに目を輝かせ、スプーンですくって口に運ぶ。

「あ、ちゃんと冷まさないと……」

「熱っ！」

「大丈夫⁉」

「ら、らい……大丈夫です。気を付けてって言われたばかりなのに、美味しそうで早く食べたくて。冷ますのを忘れてました」

「舌、見せて？」

「大丈夫ですよ」

「本当に？　見せて」

「は、はい」

恥ずかしそうに控え目に出した舌は、ほんの少しだけ赤くなっていた。

可愛いなぁ……。

気が付くと顔を寄せ、唇を奪っていた。

ああ、なんて柔らかい唇だろう。気持ちいい。ずっと触れていたい。

「んんっ……ん……」

時折漏らす声が可愛くて、艶やかで、聞いていると下半身が熱くなる。

「オスカー様……これじゃ……んんっ……スープが飲めませ……んぅ……んんっ……」

「またローゼが火傷したら大変だから、スープが冷めるまでの間こうしていようよ……」

冷めるまでの間……なんて言いながらも、止められる自信が全くない。

唇を割って舌を潜り込ませ、愛らしい舌に自分の舌を絡めた。ヌルヌル擦り合わせるたびにローゼがビクビク身体を揺らし、小さく声を漏らすのが可愛い。

ああ、やっぱりとめられそうにないな……。

一度唇を離して席を立ち、ローゼを抱き上げてベッドに向かう。

「あっ……せっかくオスカー様の作ってくださったスープが……」

「後で温め直してあげる。終わった後の方がもっとお腹が空いていると思うよ？」

ローゼをベッドに座らせて、薄いナイトドレスの上から豊かな胸に触れる。初めて触れた時の衝撃はすごかった。

こんなにも触り心地がいいなんて……。

「ぁっ……」

柔らかくて、張りがあって、いつまでも揉んでいたくなる素晴らしい感触だ。揉むたびにローゼの瞳が潤んで、頬や肌が赤く染まっていく姿がとても艶やかだ。

こんな姿を見せられたら、去勢されて機能を失った男も、もう一度睾丸が生えてくるのではないだろうかと思うぐらいの色っぽさだ。

口づけをしながら胸の感触を堪能していると、先端が主張を始める。

そこを指の腹で擦ると、ローゼがビクビク身体を揺らし、主張がますます強くなった。

ああ、堪らない……。

ローゼの両肩を飾っているリボンを解くと、布がストンと落ちてミルク色の豊かな胸が露わになる。

初めて肌を見てから数度こうして脱がせた。でも、まったく慣れない。肌を見るたびに心が躍ってしまう。

「あ……」

恥ずかしそうに目を伏せ、頬を染めるローゼの顔がまた堪らない。

ローゼには優しくしたいと思っているけれど、こういう表情をされると少し意地悪がしたくなるのはどうしてだろう。

「ローゼの乳首、小さくて、ピンク色で可愛いね」

見たままの感想を伝えると、ローゼはとても恥ずかしがる。

「……っ……そ、そういうことは、仰らないでください……」

ほら、可愛い。

恥ずかしがられたら、ますます意地悪がしたくなる。

「だって、可愛いから……ねえ、こうやって弄っていたら、少し色が濃くなるの知ってる？」

小さな乳首を片方だけ抓み、指の間で転がす。

「ぁんっ……し、知らない……です」

「じゃあ、見ていて」

「や……嫌です……恥ずかし……っ……ぁっ……んんっ」

「お願い、ローゼに見てほしいんだ」

ローゼは恐る恐ると言った様子で、俺に弄られている胸の先端に目線を移す。

お願いしたら、恥ずかしいのに頑張って見てくれるんだ。可愛いなぁ……。

俺に弄られている方の乳首は、薄いピンク色が少し濃い色に変わっていた。硬さも弄っている方が強い。

「右と左で色が違うだろう?」

「んぅ……っ……は、はい……違い……ます……んっ……」

「じゃあ、こっちも色を揃(そろ)えてあげないとね」

両方の乳首を抓んで指の間で転がすと、ローゼが甘い声を上げた。すでに俺の下半身は硬くなっていて、先走りまで出ている始末だ。

経験が浅いからだろうか。いや、どんなに経験を積んでいたとしても、ローゼの色気を前にしたら誰だってこうなるに違いない。

「ほら、見てごらん。両方美味しそうな色になった」

「……っ」

恥ずかしがりながら力が抜けてしまったのか、座っているのが辛そうなローゼを寝かせる。

彼女の豊かな胸は、寝転んでも流れずに形を保っていた。

その柔らかな胸の感触を楽しみながら、赤く色づいた先端を口に含んだ。舌でくにくに感触を楽しみながら、時折吸うとローゼが甘い声をあげる。

「ぁっ……んんっ……や……吸っちゃ……」

舐めるのも好きだけれど、吸うのもいい。当然何か出るわけじゃないのに、ずっとこうして吸っていたいと思うのはどうしてだろう。

「吸われるの嫌？」

嫌じゃない。ローゼが好きだって思ってくれていることはわかっている。でも、少し不安そうに尋ねる。

「や……嫌……じゃない……です」

「じゃあ、どう？」

「……っ……す……き……」

もちろん、この言葉が聞きたいからだ。

興奮して、痛いほど欲望が昂っている。

聞こえないふりをして、もう一度……と言いたいところだけれど、魅力的なローゼを目の前にして、そんな余裕はない。

夢中になって胸を堪能していると、ローゼがお尻をモジモジ動かし始める。

濡れてくれてるのかな……。

「ぁっ……」

乳首を舐めながら柔らかな太腿を撫で、花びらの間をなぞった。想像以上の蜜が溢れていて、嬉しくなる。

「いっぱい濡れているね。嬉しいよ」

そう声をかけると、恥ずかしそうに瞳を潤ませるのが可愛くて堪らない。指を少し動かすだけで、魅力的な音が聞こえてくる。

「ほら、こんなに」

「や……っ……んんっ……音……立てちゃ嫌……」

「わざとじゃないんだよ？　少し動かすだけで音が出るぐらい濡れてるんだ」

花びらの間にある小さな粒を探し、指の腹で転がすとプリプリした愛らしい感触が伝わってくる。

「ぁっ……あぁっ……！　んんっ……ぁっ……ぁん！　ぁっ……あぁっ……！」

ローゼは大きな声を出さないようにと両手で口を押えていたが、耐えきれなくなって甘い声を上げた。

我慢しているのに出てしまうこの声が好きだ。

もっとこの甘い声が聞きたい。もっと触れたい。もっと感じさせたい。

「こっちも舐めさせて」

「あっ……ま、待ってください。こんなところなんてオスカー様に……」

もう何度も秘部を舐めているのに、ローゼは未だに断ろうとする。

「駄目、舐めたい」

俺はローゼの足元に移動し、膝を割った。髪の毛と同じ色の恥毛が薄らと生え、撫でると柔らかくて気持ちいい。

「ふふ、可愛いなぁ」

「んっ……そ、そんなとこ……撫でちゃ……だめ……です……ぁっ……くすぐったい……」

興奮で赤く染まり、たっぷりの蜜で濡れた秘部はあまりにも扇情的で、思わずごくりと生唾を呑んだ。

ああ、この姿を絵画に残しておけたらいいのに……。

自分に絵心がないのが悔やまれる。

「ごめんね。くすぐったくしたおわびに気持ちよくしてあげるから」

蜜で濡れた花びらを指で広げて、剥き出しになったローゼの最も感じる小さな粒を避けて、ねっとりと舐めあげていく。

「ぁんっ……あっ……あぁっ……」

小さな粒がこちらも舐めてほしいとおねだりするように、ヒクヒク疼いているのが見えて可愛い。

顔を上げると、ローゼが瞳を潤ませて何か言いたげな顔をしている。

陰核を舐めてほしいのに、言いだせないのが可愛い。

もう少しこの顔が見たいから、少し焦らすようにして周りを舐めてから、小さな粒にチュッと口付けた。

「ひんっ……!」

待ち望んでいた刺激を受けたローゼの身体が、ビクリと跳ね上がる。

ああ、可愛い……。

もうこれ以上ないってほど興奮しているのに、もっと昂るのがわかる。俺の興奮には上限がないのだろうか。

「ローゼのここ、可愛いね」

舌先でツンツン突くたびに、ローゼが甘い声を漏らす。

「や……んっ……ツンツン……しちゃ……ぁっ……んんっ……だめ……です……んっ……あっ……ひんっ」

「ツンツンするのは駄目なんだ？」

ブルブル震えながら頷くローゼを見ていると、下半身がより熱くなった。まだ挿入していないのにも関わらず、出そうなぐらい昂っている。

いやいやいや、それは駄目だ。さすがにそれは間抜けすぎるだろう。

「じゃあ、ツンツンしないから、たくさん舐めさせて」

余裕な笑みを浮かべてみるが、内心は必死だった。こんなに魅力的なローゼを目の前にして、平静でなんていられない。

「んっ……ぁあっ……ぁんっ……！」

「また溢れてきたね。嬉しいな」

舌先に愛らしい感触が伝わってくる。

感じるたびにヒクヒク疼いて可愛い。小さな膣口から溢れ出した新たな甘い蜜をすすりながら舐め、乳首を吸うより少し軽めの力でチュッと吸い上げる。

「あっ……んんっ……オスカー……様……っ……も……わ、私……ぁっ……あぁっ……んっ

「……んんっ……」

とびきり甘い声――もうすぐ絶頂が近付いてきている証拠だ。

この瞬間がとても好きだ。

夢中になって敏感な粒をしゃぶると、ローゼが一際高い声をあげて絶頂に達した。小さな膣口が激しく収縮し、ドッと蜜が溢れる。

「ローゼ、達ったんだね」

顔を上げると、とろけた表情のローゼが見える。豊かな胸は激しい息遣いで上下し、瞳からは涙がこぼれている。

俺は誘うように開いた唇をキスで奪い、痛いぐらい硬くなった欲望をローゼのトロトロにとろけた膣口に宛がう。

彼女が俺の背中に手を回したのを合図に、ゆっくりと腰を埋めていく。

「ん……んぅぅ……」

ローゼの狭い中はとても温かくて、絡み付くように俺の欲望を包み込み、あまりの気持ちよさに頭が真っ白になりそうだった。

達したばかりだからヒクヒク疼いていて、なおのこと気持ちいい。

女性に溺れ、政務を行わなくなる王がいると聞いたことがある。

それを知った当時は、自分に限って女性に溺れるなんてありえないと思っていたが、ローゼと出会って、こうして腕に抱き、納得してしまった。

そんなことはしない。でも、気持ちがわかる。

ずっとこうしていたい……。

「痛くない？」

「は、い……大丈夫……です」

初めての時はとても痛がらせてしまったけれど、最近は少しずつ慣れてきたみたいで、入れると気持ちよさそうな表情を見せてくれるようになって嬉しい。挿入で達ってくれた時の感激は、一生忘れられない。

「動いても大丈夫かな？」

ローゼが頷くのを見て、性急にならないようゆっくり腰を動かす。

「ぁんっ！　ぁっ……あぁっ……！」

動いて奥に当たるたび、ローゼが甘い声を上げる。中の締め付けがより強くなって、あまりの気持ちよさに情けない声が漏れる。

「ん……ぁっ……」

「オスカー……様……？」

喘ぎ声を聞かれるのが恥ずかしいと言うローゼの気持ちがわかる。

「気持ち……よくて……変な声が……出てしまったよ……」

正直に答えると、ローゼの中がギュゥッと締まった。

「……っ……ン……中、今すごい締まって……る……」

危ないところだ。もう少しで出てしまうところだった。

「あっ……ご、ごめんなさい……わざとじゃ……」

「ううん……謝らないで。気持ちいいんだ……」

気持ちよくて、腰がゾクゾク震える。理性が砕けて、動物の交尾みたいに腰を振りたくりそうだ。

「んっ……嬉し……ぁんっ……んんっ……」

ローゼの奥からどんどん蜜が溢れてきて、抽挿をするたびにグチュグチュいやらしい音が聞こえてさらに興奮が煽られる。

「オスカー……様……っ……わ、私……また……」

「達き……そう？」

俺にしがみついて頷くローゼが可愛くて、もう我慢することができない。

「俺も……一緒に達こう……ローゼ……」

赤い唇をキスで塞ぎ、深く求めながら、熱い分身を擦り付ける。

ああ、なんて幸せなんだろう。今までの辛かった人生は、この時のためにあったと思えば報われる。

「んっ……んんっ……んんん――……！」

ローゼが達して、中が今までで一番強く締まる。その刺激で俺も達きそうになり、寸前のところで引き抜いて白いお腹の上に情熱を放った。

一度出したのに欲望は柔らかくならず、硬さを保ったままだ。

「ローゼ、もう一回……」

「ん……はい……オスカー様……愛してください……」

ローゼは一度では我慢できなかった俺を受け入れてくれて、俺たちは長い時間、お互いを求めた。

終わった後、ローゼの寝顔を見ていると自分の部屋に帰りがたい。

夫婦になったら堂々と一緒の部屋で夜を過ごすことができるが、婚約している身では何かと周りがうるさい。

俺が何か言われるのは全く構わないが、ローゼが何か言われて傷付くのは嫌だ。

内扉を作っておけばよかったな。そうすれば、誰かに見られずに部屋へ戻ることができる。

「ん……」

無防備な顔をして眠るローゼが可愛くて、あともう少しだけ見ていたい。もう少しだけ……と時間を引き延ばしてしまい、彼女のいい香りを嗅ぎながら少し目を休ませているうちに、いつのまにか眠ってしまった。

「オスカー王子！　大丈夫ですか⁉」

目を覚ますと、傍で待機していた侍女がホッとした様子で俺の顔を覗き込む。

毒でやられるのは、もう何度目だろう。

毒が回って意識を失い、目を覚ますとベッドで横になっていた。

「……大丈夫だよ。心配させてしまってすまないね」

「すぐに医師を連れてまいります！」

頭が痛くて、震えるほどの寒気がする。倒れる前に何度も戻して胃の中は空っぽなはずなのに、吐き気が治まらない。

人前で倒れたので、すぐに適切な処置をされたらしい。侍女が目覚めたことを知らせると、弟たちが駆けつけてくれた。

「お兄様！　よかった……本当によかった……！」

「心配をかけたね」

「母様が『また失敗ね』って言ってた……僕の母様のせいだ。お兄様、ごめんなさい……ごめんなさい……」

「アヒム、お前のせいじゃないよ。油断した俺が悪いんだ」

「お兄様、死なないで……」

「カール、大丈夫だ。俺はこんなことで死なないから」

泣きじゃくる二人の頭を撫でてやる手が、毒のせいで震える。

母上が亡くなってからと言うもの、王位を狙うアヒムとカールの母親たちから何度も毒殺されそうになった。馬車に細工をされ、事故に見せかけて殺されそうになったこともある。

きっと今までにも、殺されそうになったことはあったのだろう。

母が守ってくれていたのだ。

何度か殺されそうになるうちに、幼いとはいえ知恵が生まれる。

信用ができる者に必ず馬車を点検させ、食事は毒味をさせた後、遅効性のものもある可能性も考え、数時間経った後に口にする。毒に反応するといわれている銀の食器を必ず使う。

食べ物に毒を入れられてからというもの、食事が苦手になり、一日にパンを一つ食べるくらいで精一杯になってしまった。

そうなると毒殺も難しくなったのか、今日はベッドのシーツに毒の針を仕込まれて引っかかった。

油断したな……。

「お母様なんて、大嫌いだ。いつも王になれ、王になれってさ。僕は王になんてなりたくないのに……」

「僕も！　お母様、お兄様のことを苛（いじ）めるし、怖いし、大嫌いだよ」

「僕はお兄様の補佐をやるのが夢なんだ」

「あっ！　僕もー！」

「僕の方が年上なんだから、僕は第一補佐、お前は第二補佐な」

「え！　狡（ずる）い！　僕も第一補佐がいい！」

「だーめ！」

「狡いよぉ～！」

母親たちの意志とは違い、弟たちは王位に興味はなかった。俺が王で、二人が補佐になってくれたら……きっと、いや、絶対にいい国にできるはずだ。

いた。

二人を支持する派閥もあり、簡単にはいかないかもしれない。でも、いつかは……と思っていた。

何度も殺されそうになりながらも年齢を重ね、二人の母親が次々と病気で亡くなった。

これからはもう、頻繁に毒殺されそうになることはないだろうと安堵する半面、二人の気持ちを考えるとそんなことを考えたのが申し訳なくなる。

自分の前では「早く居なくなってほしい」「顔を合わせるのも嫌だ」など色々言っていた弟たちだったが、実の母親だ。きっと胸を痛めていることだろうと思っていた。

自分が母を亡くした時は、胸がちぎれそうなくらい痛くて、苦しかった。

誰に慰められても悲しみは続き、時間が薬となったこと、そして暗殺されそうになることが続いて悲しんでいる時間がなくなったことで辛さから解放された。

なんて声をかけたらいいだろう……。

長い間悩みながらも、アヒムの時も、カールの時も、「大丈夫か?」としか声をかけられなかった。

「ありがとう。でも、大丈夫だよ」

「カール、無理しているんじゃないか?」

「いや、そんなことないよ。実の親だけれど、あの人に育てられたわけでもないしね。遠い知人が亡くなった……みたいな感覚かな」

「あ、僕もそうだった」

「アヒム兄さんも？」

「まあ、いい親ならまだしも、きつかったしね」

「ああ、ホッとした方が大きいかも」

「わかるよ」

心配をかけないよう気丈に振舞っているのかと思ったが、二人は心からそう思っていたようで盛り上がっていた。

悲しんでいないのならよかった……。

二人の母親が亡くなったところで、二人を王位につけようとする派閥はなくならないが、弟たちにその気がないのだからどうしようもない。

これからは、三人でいい国を作っていこう。そう思っていたのに、アヒムが落馬事故に遭い、療養中に流行り病にかかって亡くなってしまった。

「まさか、アヒム兄さんが……あんなに元気だったのに」

「ああ……俺も信じられないよ」

「オスカー兄さんは、絶対に死なないで。僕より先に死んだら嫌だよ」

「年齢的にいけば、俺の方が先だと思うけれど」

「年齢とか関係ない！　もう、大事な人が先に死ぬのは嫌なんだ。だから、オスカー兄さんは絶対に生きてよ」

「……うん、わかった。お前もだよ」

「うん、長生きする。オスカー兄さんのひ孫を見るまで生きてやる。それでいつか寿命で死んだら、アヒム兄さんに自慢するんだ。オスカー兄さんの子供も孫もひ孫もみーんな可愛かったって！」

「そうだな。俺も自慢しよう」

「また三人でお酒、飲もうね」

「うん、飲もう」

アヒムとカールを信じていた。これ以上ない弟で、自分はなんて幸せ者なんだろうと思っていた。

しかし、病床につく父の名代でルチル国の建国記念祭に出席した帰り、カールは俺を殺そうとした。

幼い頃はその気がなくとも、年齢を重ねるにつれて王の座に興味が出たのだと言われ、目の前にいる弟が別人のように見えて、目の前が真っ白になった。

心から信じていた者に裏切られ、もうどうでもいいと思いながらも身体が勝手に動き、カールが放った刺客を全て殺していた。

しかも途中で目立たないようにと殺した刺客から衣服を剥ぎ取って着替える徹底ぶりだ。

どうでもいいと言いながらも、生きることを諦められなかった。

目の前にいる者は全て殺したが、まだいるかもしれないとその場を離れ、身を潜めることにした。

土地勘もない場所、外は酷い嵐で怪我からの出血がとまらずに貧血まで起きている。そんな中、どこで身を隠せばいいのだろう。

めまいがして、その場に片足を突いた。立ち上がろうとしたが力が入らない。もう一方の足も地面に突き、四つん這いになる。

このまま横になってしまいたい。いや、駄目だ。こんな所で横になったら、カールに殺されるどころか普通に死ぬ。

「あらあら、大変だわ。酷い傷ね。大丈夫？　なわけないわよね」

声に驚いて顔を上げると、女性が俺を見下ろしていた。

栗色の長い髪を赤いリボンで一つにまとめ、紫色の目をした優しい印象の女性だ。年齢は二十代後半ほどだろうか。

「もう少し頑張って歩いて、この先の家に行きなさい。そうすれば助かるから」

もう誰も信用しないと思ったばかりなのに、その女性の言葉がスッと頭に入ってきて俺は頷き、女性に言われた通りの場所を目指した。

意識が朦朧としていたから、あれだけの雨が降っていたのに濡れていなかったこと、暗いのに髪色どころか瞳の色までわかるほどはっきり見えたことに疑問は持たなかったけれど、まさかあの女性がローゼの亡くなった母上だったとは驚いた。

こういったことは信じない方だったし、誰かから話を聞いても「ふぅん」と流していたが、ローゼの話は信じられる。

こうして俺は言われた通りに女性が指差した方向へよろよろと向かい、プラムの木の下で力尽きた。


ホッとするようないい香りがしてくる。それにコトコト何かを煮込む音が聞こえた。なんだか心地いい音だ。

どうしてこんな香りと音が?

目を開けると、知らない天井が見えた。

ここはどこだ？　俺は何をしていたんだろう。

横腹が痛い……ああ、そうだ。切られたから当然だ。音が聞こえる方を見ると、黒髪の女の子が料理をしていた。

誰だ……？

起き上がると腹部が酷く痛む。

「……っ」

「え？」

振り返った女の子が、紫色の目を大きく見開いた。

「だ、大丈夫ですか？」

「キミは……う……っ」

立ち上がろうとして、お腹の横を押さえた。

「無理しちゃ駄目ですよ！　怪我してるんですから」

「怪我……？」

「私はローゼです。あなたは大雨の日に、うちの木の下で倒れてたので、家に運んだんです。何日も眠ったままだったんですよ」

「あ……ああ、そうか」

ようやく何が起きたのかを思い出すことができた。

それにしても見知らぬ男を家に入れるなんて、随分と無防備というか、お人好しすぎるというか……。

ベッドが二つあるし、何かあった時に庇ってくれる身内がいるからかと納得したが、すぐにそうではないと言うことがわかって、衝撃を受けたものだ。

「これ、飲んでみてくれる?」

普通、助けてもらっておきながら、毒味をお願いするなんて失礼極まりないし、いい気分はしないと思う。

それなのにローゼは笑顔で、嫌な顔一つしなかった。

「おかわりいかがですか?」

最初は内心を表面に出さないだけなのかと思っていたけれど、表情が豊かな子なのですぐに違うと言うことがわかった。

「フィン様、こちらも美味しいので召し上がってください! あ、毒味しますね」

ローゼは積極的に毒味をして、俺に食事を勧めてくる。

普通疑われたら嫌なはずなのに、どうしてこの子は気にしていないんだろう。

今まで出会った女性とは……いや、今まで出会った人間とはまるで違う。

ローゼは優しくて、元気で、料理や食べることが大好きで、ご飯を食べて「美味しい」と笑う顔が何よりも可愛い女の子だった。

常に命を狙われ、カールに裏切られ、もう二度と人を信用しないと決めたのに、一緒に過ごしていくうちに心を奪われていた。

毒を盛られ続けて食事が苦手だったのに、ローゼの作ったものなら食べられるように……いや、積極的に食べたいと思うようになった。

王族ということを隠して、守ってくれた母親も亡くし、一人で生きてきた彼女……どれだけ大変だっただろう。

「偉かったね。よく頑張っているよ」

そう声をかけた時に涙を流した彼女の顔を、国に帰ってから何度も思い出した。

胸が苦しくなるのと同時に、今すぐ「もう心配ないよ」と彼女を守ってあげられない自分の非力さが情けなくて悔しかった。

俺を励まそうと眠い目を擦り、お茶を淹れてくれる彼女の心が嬉しかった。

「また、一緒に……」

ローゼの瞳から、大粒の涙が零れた。

「ローゼ？」

「ご、ごめんなさい。私、泣く場面じゃないのに、おかしいですね」

「おかしくなんてないよ。……擦っちゃ駄目だ。ローゼ、また一緒にお茶を飲もう」

俺が居なくなるのを寂しいと思ってくれているのが伝わってきて、申し訳なく思う反面、嬉しくもあった。

気が付くとローゼの唇を奪い、押し倒していた。今思うと性急だったかもしれない。でも、どうしても我慢できなかった。

暗闇の中で触れるローゼの唇は甘く、肌は柔らかかった。ずっとこうしていられたら……このまま時が止まればいいのに、と何度も思った。

「ローゼ、キミが好きだよ。必ず迎えに来るから、その時は俺と結婚してくれる?」

「はい、待っています」

ローゼが俺の告白を受け入れてくれた時、人生で一番嬉しかった。

ローゼ、キミを幸せにしたいよ。

傷だらけで倒れていた俺を助けてくれた優しいローゼ、今まで一人で辛い思いをかかえてきたローゼ、キミを誰よりも幸せにしたい。

国に戻った俺はカールを捕らえ、彼を支持していた派閥を一掃した。

誰も信用できないと弟以外を傍に置かなかった考えを改め、信頼できる者を探し、自分の周りに置くことに決めた。

ローゼとの出会いが俺を変えてくれた。

弟以外の人間はろくでもない者ばかりだと思っていたが、ローゼみたいな素晴らしい女性もいる。今まで出会っていないだけで、探せばきっと信頼できる者がいるはずだ。

ローゼを迎えた時、彼女が安心して生きていける環境を作りたい。

もちろん俺は死ぬつもりなんてないが、病気、事故、天災……人間、何があるかなんてわからない。

俺が途中でいなくなったとしても、ローゼが安心して笑顔で生きていけるような環境を作るのが目標だ。

そんな環境を整えるのに、二年もかかってしまった。

二年も迎えに来ない男に愛想を尽かしてしまったのではないだろうかと、心配で気が気じゃなかった。

「オスカー様、私もお会いしたかったです。ずっと……っ……ずっと、待っていました」

だから再会したローゼがそう言って泣いてくれた時、嬉しくて、そんなことを考えたことが……ずっと二年間何も連絡できなかったことが申し訳なくて、胸が溺れたみたいに苦しくなった。

俺はルチア国に信頼できる側近を送り、ローゼを密かに護衛させていたから、彼女がどう過ごしているかはわかっていた。

でも、ローゼは俺からの連絡が来るまでわからないのだ。

とても不安だっただろう。手紙のやり取りができたら少しは気が紛れたかもしれない。でも、当時は俺の命を狙う者が多くて、手紙を送ることで彼女に危険が及んだら……と思うとできなかった。

ローゼ、ごめん……。

「いただきます」

いただきます？

なんだか、いい香りがしてくる。

目を開けると、隣に眠っているはずのローゼの姿がない。

「ローゼ？」

「あっ！　ごめんなさい。起こしちゃいましたか？」

ローゼはテーブルに座り、さっき俺が作ってあげたスープを飲んでいた。

「そのスープ……」

「はい、オスカー様が作ってくださったスープを温め直してきたんです。牛乳を使っていますし、ここは暖かいので、朝になったら傷んでいるかもしれないから」

ローゼの目は半分しか開いていない。眠くて当然だ。連日遅くまで愛し合っている上に、朝も早いのだから。

「そんなスープ、気にしないでいいのに」

「気にしますよ。せっかくオスカー様が作ってくださったスープを残すなんて、そんなもったいないことできません」

ローゼの優しい心遣いが嬉しい。

「とっても美味しいです」

「よかった」

「オスカー様も召し上がりますか？　オスカー様の分も温めてきたので」

「うん、頂くよ」

俺が起きてこなかったら、余らせないように全部飲もうとしていたのだろう。ローゼの向かいに座ってスープを飲むと、ローゼが愛らしい笑顔を見せてくれた。

「美味しい。二人で飲むと、もっと美味しく感じます」

「うん、そうだね。それにローゼが温め直してくれたから、さらに美味しく感じるよ」

「ふふ、ただ温め直しただけですよ？」

「ローゼの手は特別だからね」

そう、本当にローゼの手は特別なんだ。キミに助けてもらったその時から、俺の人生は変わった。

どんなことがあっても、この手は絶対に離さない。

第四章　夢のような日々

サードニクス国に来て、オスカー様と初めて結ばれてから数週間が経つ。私は王妃になるための勉強に追われ、忙しい日々を送っていた。

「……様……ローゼ様」

ニーナに声をかけられ、ハッと目を開けた。

サードニクス国の歴史を教えてくれるホフマン公爵夫人が熱を出して来られなくなったので、図書室で自習していたはずが、いつの間にか眠ってしまっていた。

「やだ、ごめんなさい。私、眠ってしまって……」

「ルチア国からこちらへ来たばかりなのに長時間の勉強をしているのですもの。お疲れなのですよ。夜はしっかり眠れていらっしゃいますか？」

「え、ええ」

嘘を吐いてしまった。夜はオスカー様と過ごしていて、睡眠不足気味……でも、あの時間はとても大切で、どんなに疲れていてもなくしたくない。

オスカー様は明け方、誰もいない隙を見てお部屋に帰られるから、私たちが愛し合っているのは誰にも知られていない。

「たまにはゆっくり休ませてほしいとおっしゃってもよろしいのですよ?」

「えっ」

知られていないはずなのに……。

「そ、れは……その、どういう意味で……」

ニーナはにっこりと微笑み、何も言わない。

な、なんだか、私たちが何をしているか、バレているような気がするわ……。

「ホフマン公爵夫人はいらっしゃらないのですから、部屋にお戻りになって、少しお休みになられてはいかがですか?」

「いいえ、続きを頑張るわ」

畑仕事ばかりしていて、ほとんど学んでこなかったんだもの。一分一秒でも惜しいぐらいなのに、休んではいられないわ。

「では、目が覚めるように、またミントティーをお持ち致しますね」

「ありがとう。助かるわ」

目を擦りながら分厚い本と向かい合っていると、後ろから足音が聞こえてきた。ニーナが戻って来るには早すぎる。

振り返ると、美しい女性が立っていた。

夜空を溶かしたように艶やかな美しい黒髪、瞳はルビーのような赤、こんな綺麗な女性は滅多にいない。少し釣り目がちだからか、鋭い印象だ。

「あなたが、ローゼ・アフリア様？」

「え、ええ、そうです。あなたは……」

「申し遅れました。私（わたくし）は、エリーザ・ラングと申します」

ラング……勉強したわ。サードニクス国に最も長く貢献してきた公爵家のはずだ。

「エリーザ様、初めまして」

席を立ち、ドレスの裾を抓んで挨拶する。

「ああ、わざわざ立ち上がって頂いて申し訳ございません。どうかおかけください」

「ありがとうございます」

ここへ来たということは、何か本を借りにきたのかしら。

再び腰を下ろすと、エリーザ様が私の目の前に立つ。この本が読みたいのかと思いきや、私を真っ直（す）ぐに見下ろしている。

「あの……」

「ローゼ様は、二年前に傷を負ったオスカー様をお助けになったそうですね」

「ええ……」

そう答えると冷たい視線を送られ、背筋がゾクッとする。

何……？

二年前のことは、オスカー様が私の許可を取って公表しているので、誰もが知っていた。

それに関して、好意的な態度を取られることはあっても、こんな視線を送られるのは初めてだ。

「ローゼ様はルチア国の二十六番目の姫君でしたか」

「い、いいえ、二十五番目です」

まあ、大して変わらないけれど……。

「あら、申し訳ございません。ルチア国はお世辞にも力のある国ではございませんし、まあ……二十五でも、二十六でも、政治的には全く利用価値がないのは一緒でしょうね」

最初から好意を持たれているようには感じなかったけれど、この言葉で敵意を持たれているとわかった。

「そうですね。同じです」

「なんの得にもならない方を妻にするなんて……まあ、オスカー様は情に厚いお方ですし、恩義を感じてあなたを妻にしたのでしょうね」

オスカー様と私の気持ちを足で蹴られたように感じて、頭にカッと血が上る。

開きそうになった唇を抑え、一呼吸置く。

人間、誰しも感情的になった時に発した言葉は、よくない結果をもたらす可能性が高いから気を付けなさいとお母様に言われ、いつもそうしている。

古い本の香りのおかげで、より冷静になれた。

「いいえ、そんなことはございません。私たちは想い合っていますよ」

オスカー様がくださる愛情はとても深く、そんなことを言われても少しも不安にはならなかった。

そう答えると、エリーザ様はクスクス笑いだす。

「ふふっ……幸せな考えをお持ちなことで」

笑われるのは正直不愉快だけれど、感情を表にだしては、相手の思うつぼだ。にっこり笑ってその場をやり過ごしていると、ニーナが戻ってきた。

「では、私はこれで」

「ええ、ごきげんよう」

エリーザ様は本にも目をくれず、そのまま図書室を出て行った。

ということは、私に嫌味(いやみ)を言うためだけにここへ来たのかしら。

「ローゼ様、お待たせ致しました」

「ありがとう」

今ので眠気が覚めたけれど、もちろんありがたく頂く。

ミントの香りが口から鼻へ抜けて、モヤモヤしていた気持ちが少し晴れる。

「美味しいわ」

「よかったです。それから、この後のダンスの授業ですが、講師のミュラー伯爵夫人を乗せた馬車の車輪がぬかるみにはまってしまって、時間までに到着は難しいとのことです」

「昨日、すごい雨だったものね……ミュラー伯爵夫人たちにお怪我は？」

「皆さまご無事です」

「よかったわ。今日は不幸が重なるわね。これ以上何かなければいいけれど……」

「ええ、本当に……」

歴史はこうして自主的に学ぶことができる。けれど、ダンスだけは相手役がいないと難しいわね……。

そうだ。休憩時間とこの時間を使って、お菓子を作ろうか。できたてをオスカー様にお持ちして、食べていただきたい。

「ローゼ様、エリーザ様とご一緒だったのですね」

「ええ、そうなの」

「……ローゼ様、エリーザ様から何かご不快になるようなことを言われましたか？」

「私、表情に出ちゃっていたかしら……」

普通の顔をしていたつもりだったのに、周りから見たら丸わかりなぐらいあからさまな顔をしていたのかしら……。

「いえ、エリーザ様がいらっしゃっていたということは、そういうことなのではないかと思いまして。帰り際に本もお持ちではなかったですし……」

なるほど、そういうことだったのね。

「実はちょっとね」

「お聞きしてもよろしいですか？」

「ええ、オスカー様はルチア国で助けられた恩を返すためだけに、私と結婚したのでしょうって」

ニーナが大きなため息を吐いた。

「オスカー様がローゼ様にべた惚れなのは、誰もが知っていることなのに……ローゼ様、どうかそんな言葉を信じないでくださいね⁉」

「大丈夫よ」

ニーナがホッとした様子で笑うので、私もつられて笑った。

「なんてお答えになったのですか？」

「否定して、私たちは想い合っているって……」

さっきは大丈夫だったのに、ニーナの前だとなぜか急に恥ずかしくなって、最後の方が小さな声になってしまう。

「ふふ、なんですか？　聞こえませんでした」

「もうっ！　絶対に聞こえていたでしょう！」

「いいえ？　聞こえませんでした。うふふ」

絶対聞こえてた……！

「エリーザ様によく思われていない……と言うか、嫌われているみたいなの。私が力のない国の姫だから気に食わないのかしら。まあ、そういう方は、エリーザ様以外にもたくさんいそうだけれど……」

「いいえ！　そんな……」

「本当のことだからいいのよ」

「……エリーザ様は、オスカー様の妻になられる方がどなたであろうと敵意を剥き出しにされるかと思います」

と言うことは……。

「エリーザ様が、オスカー様をお慕いしているということ？」

「はい、エリーザ様がどんな方なのかご存じですか？」

「まだ勉強が追い付いていなくて、ラング公爵家のご令嬢ということしかわからないわ。それすらもあっているか不安だけれど……」

「その通りです。エリーザ様はラング公爵家のご令嬢で、ご病気で亡くなられた第三皇子カール様のご婚約者でした」

貴族の結婚は好き合って結ばれる方が少ない。

でも、好きな人の弟と婚約するというのは……。

「それは、辛い状況ね……でも、エリーザ様がオスカー様をお好きというのは、確かなの？」

「ええ、幼い頃からオスカー様を好きだと公言しているところを聞いた者が何人もいますし、私の姉も聞いたことがあると言っていました」

「あなたのお姉様が聞いたのなら、間違いないわね」

ニーナはとても信頼できる女性だ。

ニーナのお姉様が言っていたのなら間違いないだろうと思ってそう言ったのだけれど、彼女はとても驚いた様子で目を丸くした後、嬉しそうに笑う。

「カール様が亡くなられた後は、オスカー様の婚約者になろうと動いていたみたいですが、ローゼ様とご婚約されたので……」

「そういうことだったのね」

「ですから、エリーザ様に何か言われてもお気になさらないでください」

「ええ、わかったわ。教えてくれてありがとう」

幼い頃から好きだった人——一緒になるどころか、夫になる人のお兄様という辛い状況が一変し、結ばれるかもしれないと希望を持ったところで、他の女性と一緒になってしまった。恨まれてもおかしくない。

でも、私も引くつもりはない。

オスカー様にとっては、サードニクス国になんの恩恵もないどころか、援助しなければいけない貧乏な国の姫である私よりも、長年国に貢献してきたラング公爵家のご令嬢と一緒になる方がいいことはわかっている。

迷惑をかけたとしても、オスカー様と一緒に居たい。

◆◇◆

焼きたてのクッキーと濃い目に淹れたミルクティーを持って政務室を訪ねた。

オスカー様も睡眠不足なので、さっきニーナに淹れてもらったミントティーをお持ちしようかと思ったけれど、やっぱりクッキーにはミルクティーがよく合う。

ミルクを飲むと眠くなるというけれど、茶葉を増やしてかなり濃くしてあるので、むしろ眠気が覚めるはずだ。

こうして政務室を訪ねるのは初めてで、なんだか少し緊張してしまう。

扉をノックすると、「はい」と返事が聞こえてきた。いつもとは違う他人行儀な声、きっと私だとは思っていないのだろう。

私だってわかったら、驚くかしら？

どんな表情を見せてくれるのか楽しみで、イタズラをしているような気分になる。

「失礼します」

「……えっ！　ローゼ！　どうしたの？」

オスカー様は私の顔を見るなり目を丸くし、イスから立ち上がった。

想像以上の驚きようで、思わず笑ってしまう。

「自由な時間ができたので、クッキーを作ってきたんです。召し上がりませんか？」

「嬉しいな。もちろん頂くよ。ローゼも一緒に食べられる時間はある？」

「ええ、次の授業までまだ少し時間があるので」

「よかった」

オスカー様の前の机は書類でいっぱいだったので、来客用のテーブルにクッキーと紅茶を置いた。

ソファはテーブルを挟んで両側にあるけれど、彼は私の反対側じゃなくて、迷わず隣に腰を下ろす。

なんだかこの距離感のなさが嬉しくて、くすぐったく感じる。

「ここでいつもオスカー様がお仕事していらっしゃるんですね」

「そうだね。いつもは殺風景に感じるんだけれど、ローゼがいると一気に華やかになるよ」

「ふふ、オスカー様が選んでくださったドレスのおかげですね」

「ローゼ自身が華やかなんだよ。裸だともっと華やかに見えるかもしれないな」

「オ、オスカー様っ！」

抗議するように名前を呼ぶと、オスカー様は楽しそうに笑う。

「もう、からかわないでください。さあ、冷めないうちにどうぞ」

今日はチョコレートとナッツを刻んで混ぜたクッキーだ。

一つ一つ丁寧に型を取っていたら時間がなくなりそうなので、丸めて平らに成形してある。一口で食べられるように、大きさは小さめにした。

オーブンから出したばかりはものすごく熱いけれど、ここまで運んでくるのにちょうどいい温度になった。

ニーナとバルバラにも渡したので、今頃お茶と一緒に楽しんでくれているはずだ。

「ありがとう。あ、本当だ。温かい」

「まだ柔らかくて崩れやすいので気を付けてくださいね」

「いただきます」

オスカー様はそっと口に運ぶと、すぐに笑みを浮かべる。

「うん、すごく美味しい。できたてのクッキーって、こんなに柔らかいんだね。噛んだらすぐに崩れたよ」

「ふふ、よかったです。ミルクティーと相性がいいんですよ」

ミルクティーを飲んだオスカー様が、口元をほころばせる。

「本当だ。すごく美味しい」

自分が美味しいと思っているものを、大切な人にもそう感じてもらえるのはとても嬉しいことだ。

「濃く淹れてきたので、眠気もすっきりすると思います」

「俺が眠いってどうしてわかったの？」

「私たち、同じぐらいの睡眠時間ですから」

「あ、そっか」

毎夜、今日は早く寝ようと言いながらも愛し合って、何もしない日も遅くまでお喋りを楽しんでいた。

「授業中、眠くならない？」

「座学は眠くなることが多いですね。よくミントティーを淹れてもらって乗り切ってます」

「ミントかー……」

オスカー様が少しだけ眉をしかめる。

「苦手ですか？」

「うん、スースーするのがあんまり得意じゃなくて」

「そうなんですね。じゃあ、オスカー様に召し上がって頂く料理には入れないようにします」

「いや、ローゼが作ってくれるものなら、なんだって食べられるよ」

「ふふ、ご無理なさらないでくださいね。他にも苦手な物があったら教えてくださいね」

「苦手な物はそれぐらいだよ。俺もローゼが苦手な物が知りたいな」

「私は辛いものが苦手です。舌が痛くて……」

「そうだったんだ。でも、一昨日の夜、結構辛いスープが出ていたけれど、全部飲んでいなかった？」

「残すなんて勿体ない！　それに痛かったですけれども、味は美味しかったですから」

「あはは、ローゼらしいね。じゃあ、今度からは辛いものは出さないようにしてもらおう」

「オスカー様は平気ですか？」

「うん、俺は大丈夫だよ」

こうして他愛のない会話をして、お互いのことを知っていけるのが嬉しくて堪らない。

今はまだ一番じゃないかもしれないけれど、いつかオスカー様のことを一番知っている人になりたいわ。

そしてオスカー様にも私のことをたくさん知ってほしい。

「授業は大変じゃない？　少し減らしてもらおうか？」

「いえ、大丈夫です。私は農作業ばかりして勉強はほとんどしてこなかったので、人一倍どころか二倍、三倍頑張らないといけませんから」

「辛くない？」

オスカー様の問いかけに、私はすぐに首を左右に振った。

「いいえ、離れている方が辛かったです」

「ごめん……」

オスカー様がなぜか申し訳なさそうに俯く。

「え？　どうして謝るんですか？」

「二年間連絡もなしに、不安にさせてしまったから……」

「それは私の身を守るために、仕方なくという話だったじゃないですか」

「でも……」

「もし、ご連絡いただけていたら、私はこの場にいなかったのかもしれません」

オスカー様が口を噤んだので、テーブルにカップを置いて彼の手にそっと自分の手を重ねる。

彼はすぐに握り返してくれた。

「そんな風に謝って頂くために言ったわけじゃないですよ？」

「うん、わかってるよ。でも、俺が勝手に申し訳なく感じてるんだ」

「そう思うのでしたら、これからはずっと一緒にいてください。オスカー様と一緒にいられるためでしたら、どんなことだって頑張れますから」

「もちろん。ローゼが嫌だって言っても離してあげないよ」

「絶対に言いません」

オスカー様の綺麗なお顔が近付いてきて、そっと目を瞑ると優しく唇を重ねられた。

「ん……」

軽いキスかと思いきや、どんどん深くなっていく。大きな手が太腿に伸びてきて、ドレスの上から撫でられるだけでお腹の奥が熱くなる。

「ローゼ……もっと触れたいな」

耳元で囁かれると、肌がゾクゾク粟立った。

私も——。

このまま身を委ねたい。でも、後三十分後には次の授業が始まる。いつも愛し合う時にはもっと時間がかかっているはずだし、間に合わなくなってしまう。

「オスカー様……ごめんなさい。今は、駄目です」

「どうして?」

首筋をチュッと吸われ、声が出てしまう。

「三十分後には、次の授業があって……」

「ああ、そうか」

「戻る時間を考えたら、二十分後には戻らないと……」

「じゃあ、二十分は時間があるんだ」

「はい、二十分は……あっ」

オスカー様は私を組み敷くと、ドレスの中に手を入れた。

「オ、オスカー様?」

「二十分だけ、ローゼを気持ちよくしたい。最後までしなければ間に合うよ」

「でも、それじゃオスカー様が何も気持ちよくな……んっ……ぁっ」

内腿を撫でられ、変な声が出てしまう。

「気持ちいいよ。ローゼを触っていると、すごく気持ちよくなれるんだ。だから、お願い。肌に触れさせて」

オスカー様はドレスの中に顔を入れると、ドロワーズとストッキングの間から見える肌をチュッと吸いながら、ドロワーズの紐を解いた。

「腰、少し浮かせる?」

「は、はい……」

少し腰を浮かせると、ドロワーズをずり下ろされた。触れてもらえる期待で、秘部がキュンと疼く。

このままじゃオスカー様が暑いわよね。ドレスの裾を持ち上げた方がいいかしら。

でも、当然秘部が見えてしまうわけで……。

私は迷いながらもドレスの裾を掴み、腰の方まで持ち上げた。ドレスに隠れていたオスカー様と目が合うと、彼が少し意地悪な笑みを浮かべる。

「自分から見せてくれるなんて感激だよ」

「ちっ……違います。ドレスの中に入っていては、暑いと思って……」

「ふふ、ローゼは優しいな。確かに涼しくなったし、キミの素敵なところがこんなにも明るいところで見られて興奮する」

割れ目を指で広げられ、顔どころか全身熱くなった。

「や……ひ、広げちゃ、だめ……です」

「ふふ、それはいくらローゼのお願いでも聞けないな」

恥ずかしいのに私、とても興奮してる。オスカー様に見られていると思ったら、広げられたそこが熱くて堪らない。

「すごく濡れてるね。それにここ、舐めてほしいって言ってるみたいに、プクッて膨れているよ」

ふぅっと息をかけられただけ、ほんの少しの刺激なのに、私の身体は大げさなくらい跳ね上がり、はしたない声をあげていた。

「ひ、あぁっ……！」

「ああ……可愛い。堪らないね」

長い舌が割れ目の間を往復し、敏感な粒を柔らかな唇で包み込んだ。

「ぁっ……！」

ふにふにと食まれると気持ちよくて、膣口がキュウと激しく収縮を繰り返す。

「あんっ！　あっ……あぁっ……！」

熱い舌でキャンディを味わうようにねっとり舐められ、時折チュッと吸われると頭が真っ白になった。

「ローゼ、気持ちいい？」

「き……気持ち……いっ……ぁっ……あぁっ」

「ふふ、嬉しいよ」

お腹が浮き上がりそう——絶頂の予感がやってきて、ドレスを掴む手にギュッと力が入る。

さっきから物欲しそうに収縮を繰り返す膣口に指を入れられた。

指が動くたびにジュポジュポ淫らな音が聞こえて、恥ずかしいのにそれがまた興奮を煽るようだ。

「可愛い音が聞こえるね」

「あっ……や……んんっ……音……立てちゃいや……です……ぁん！」

「わざとじゃないんだよ？　ほら、ゆっくり動かしても……」

ぐちゅっ……じゅっ……ぐちゅちゅっ……と音が聞こえ、ますます恥ずかしくなる。早く動かされても、ゆっくり動かされても、どっちにしても恥ずかしい音だ。

「んっ……やぁ……んんっ……」

甘い快感が次々と襲ってきて、私はただただ受け止めて喘ぐことしかできない。それがとても気持ちよく、心地よかった。

すると扉を叩く音が聞こえ、ハッと我に返る。

う、嘘、誰か来ちゃうなんて……！

「誰だ？」

「……っ……ン……！」

オスカー様は敏感な粒から口を離し、代わりに開いている方の手で弄り始めた。中に入った指も動きを止める様子はない。

えっ……！　外に誰かいるのに……！

慌ててドレスを使って口元を押さえた。

『アッペルです。先ほど明日までに用意するようにと仰っていた資料の件で伺いました』

アッペル……アッペル公爵、オスカー様の側近のお一人だわ。

「んん……っ」

今は動かさないでと伝えたいのに、口を開けば大きな声が絶対出てしまうから、口元を覆ったドレスから手が離せない。

こんな時だっていうのに私ときたら、気持ちよくなるのをやめられずにいた。

『入ってもよろしいでしょうか？』

今、入られたら見られちゃう！　そんなことにでもなったら、恥ずかしくて一生部屋の中から出てこられないわ！

ジュポジュポと淫らな水音も外に聞こえていないか不安で仕方ないのに、心と身体は裏腹で、目の前に絶頂が近付いていた。

「ああ、すまない。ローゼと大切な話をしているから、一時間後にでも出直してもらってもいいかな？」

『かしこまりました。出直してきます』

駄目……ローゼ、もう少し待って……今、達っちゃ駄目……駄目……！

敏感な粒を軽く抓まれた瞬間、身体が浮き上がる。

駄目ぇぇ！

「んんん――……っ！」

まだ足音が遠ざかっていないのに、私はガクガク震えながら絶頂に達した。

オスカー様は中に入っていた指を引き抜き、意地悪な笑みを浮かべながら蜜を舐める。

足音が聞こえなくなったところでようやく口を押えていた手を離し、苦しかった呼吸を必死に整えた。

「……も……っ……オスカー様……酷いです……！」

「ん？　何が？」

「アッペル公爵が来ているのに、手を動かし続けるなんて……バレちゃうんじゃないかって、ハラハラしましたっ」

「ふふ、ごめん、ごめん。せっかく達きそうになっていたから、とめたくなかったんだ」

「もう……っ」

「まだ時間があるね。もっと気持ちよくするから許して」

「えっ……でも、今達ったばかりで……」

「残りの時間で、後、何度達けるかな？」

「あっ……待ってくださ……んっ……あぁっ」

オスカー様は残りの時間いっぱい触れてきて、私は短い時間の中で五度も達してしまった。

「もうそろそろ時間だね」

力の入らない私に代わって、オスカー様が衣服や髪を正してくださった。身だしなみは元通りだけれど、中身はさっきと全然違う。

身体の火照りが治まらない。

それに拭き取ったはずなのに秘部は新たな蜜で満ちていて、指じゃ届かない場所が疼いて堪らない。

最後までできないのが、こんなにも切ないなんて……。

オスカー様はお辛くないのかしら。

私ばかり余裕がなくて、ちょっと寂しいなんて……一緒に居られるだけで奇跡みたいなことなのに、贅沢なことを考えているわね。

「次の授業は何？」

「王妃のお務めの授業です」

「そっか、無理をしない程度に頑張ってね」

「はい、オスカー様もご政務頑張ってください」

もうそろそろ行かないといけないのに、名残惜しくて席を立てずにいると、扉をノックする音が聞こえた。

「誰だ？」

『ローゼ様付きの侍女のニーナです。間もなく次の授業の時間ですので、お迎えにあがりました』

「わかったわ。すぐに行くわね」

後ろ髪を引かれながら立ち上がろうとしたら、オスカー様が私の手をギュッと握ってきた。

「オスカー様？」

「名残惜しいよ。今夜もローゼの部屋に行ってもいい？　今夜こそは早く休ませるように努力するから」

少し気恥ずかしそうな顔をするオスカー様を見て、彼も私と同じ気持ちなんだとわかって嬉しかった。

「はい、お待ちしております」

また一度キスを交わし、私は政務室を後にした。

「いい息抜きになりましたか？」

「え、ええ、とても」

あ、足が、フラフラするわ。

オスカー様に触れられたことは知られていないはずなのに、全て知られているような気がして恥ずかしい。

ちなみにオスカー様と私は、約束通り早く休むことはなく、翌日も眠気と格闘することになるのだった。

第五章　ねじ曲がった愛

「ローゼ様、お疲れ様でした」

「す、すごく疲れたわ……」

「まだ授業が残っていますが、気持ちが落ち着くハーブティーを淹れますね」

「ええ、バルバラ、ありがとう」

サードニクス国に来てから一か月、私は初めて社交界に出ることになった。

今までたくさんの招待状が届いていたけれど、もちろん経験もないし、知識も乏しいので断っていた。

でも一か月間必死に勉強して、なんとか知識は付いた。

後は経験を積まなければ……ということで、歴史を教えてくれているホフマン公爵夫人がお茶会に招待してくださったので、受けることにしたのだ。

とても緊張したけれど、なんとか乗り切ることができた。でも、本当になんとかという感じで、優雅からは程遠い。

もっと経験を積まなくちゃ……。

「ローゼ様、酔っていませんか？」

「ええ、揺れが少ないから今日は大丈夫よ」

「この辺りは道の整備がしっかりされていますものね。……それにしても、今日はエリーザ様がいなくてホッとしました。あの方がいらっしゃったら、ローゼ様に意地悪をするに決まっていますもの」

「招待状には誰が来るか載っていないものね。私もちょっとヒヤヒヤしたわ」

エリーザ様と初めて会ってからというもの、彼女はよく城に来ていて私の前に現れ、オスカー様にはふさわしくないから離れろと嫌味を言っていくのだった。初めは遠回しだったけれど、最近は直接的になってきた。

「エリーザ様からいつも嫌がらせをされていること、オスカー様にお話ししていないのですか？」

「ええ、していないわ」

バルバラが目を見開いたので、後ろに何かあるのかと思ってとっさに振り向いた。

「ローゼ様、優しすぎます！　同情などせずにお話ししてしまえばいいのですよ。そうすれば、オスカー様が動いてくださいます」

　後ろに誰かいるのかと思ったけれど、違ったみたい。

「同情はしていないのよ。ただ気にならないから、お話するまでもないかなと思って」

「き、気にならないんですか⁉　あんなことを言われて？」

「余裕がある時なら気になるかもしれないけれど、今はいっぱいいっぱいで、全く余裕がないものだから……」

「あ、なるほど……そうですよね。ローゼ様は本当にお忙しいですもの。……あの、私の方からオスカー様にお話ししてもよろしいでしょうか。侍女の目から見て、あまりに酷いと……」

「ありがとう。でも、大丈夫よ。辛いと感じたら、自分で言うわ」

「……わかりました。差し出がましいことを言って申し訳ございません」

「いいえ、心配してくれてありがとう」

　心配してくれるバルバラに安心してもらうためにそう言ったけれど、もし気になるようになってもオスカー様にお伝えするつもりはない。

　いずれ私は、オスカー様と夫婦になる。でも、私たちは普通の夫婦とは違う。国王と王妃になるのだ。

　誰かに嫌味を言われただけで王に相談をするのは、王妃としてふさわしくないと思う。

気になるようなら、自分で解決しないと……。

馬車に揺られているうちに眠気が襲ってきて、目が開けていられなくなる。

「ローゼ様、まだ着くまで大分かかりますから、少しお休みになってはいかがですか？」

「ええ、そうするわ」

目を瞑ると、すぐに意識が飛んでいく。

どれくらい眠っただろう。

突然、馬車が大きく揺れて身体が跳ね上がり、バルバラの悲鳴と馬のけたたましい声が響いた。

「……っ⁉」

跳ねたはずみで身体をぶつけ、痛みと驚きで声が出ない。

何が起きたの⁉

「う……バルバラ……？」

声が返ってこない。バルバラはこめかみから血を流していた。今の衝撃でどこかにぶつけたらしい。

嘘……！

「……っ……バルバラ……大丈夫……？　バルバラ……」

「うぅ……」

うめき声が聞こえ、ホッとする。よかった。生きているわ。

でも、早く治療しなくちゃ……何が起きたのかしら。

誰かに襲われた？　事故？　ここはどの辺りかしら。御者は？　馬車の周りを走っていた護衛の兵は？

バルバラに手を伸ばしたその時、馬車のドアが大きな音を立てて開き、全身を黒い服に包んだ男が押し入ってきた。

殺される……！

逃げようとしても身体が動かない。声も出ない。

「んんっ！」

湿った布で口と鼻を塞がれ、思わず吸ってしまうと吐きそうなぐらい甘い香りがして、眩暈（めまい）がする。

これ以上吸っては駄目だと思った次の瞬間にはもう、私は意識を手放していた。

頭が痛い。ううん、身体中が痛い。それに寒い……。

「うぅ……」

私、どうしたのかしら。いつの間にかベッドに入った？　でも、やけに背中が硬くて痛い。

寝返りを打とうとしたら、身体が動かない。

え……？

驚いて目を開けると、目の前に鉄格子のようなものが見えた。

何？　ここ、牢屋？

「……っ」

そこでさっきまでのことをようやく思い出した。

そうだわ。私、変な男に連れ去られたんだわ。変な薬を嗅がされたみたいで、すごく頭が痛いし、気持ち悪い。

身体が動かないのは、手と足を縄で縛られていたからだった。

ここはどこなの……？

じめじめしていて、むせそうなぐらいカビ臭い。鉄格子の前に人が立っていることに気付いた。

見張り？　背中を向けているから、私が起きたことに気付いていないみたい。

話しかけたらここがどこか教えてくれるかしら。でも、話しかけることで、危害を加えられるきっかけになったらどうしよう。

迷っていると、コツ、コツとヒールの音が聞こえてきた。

この音、女性の靴の音……よね？

誰が来るのだろう。

起きているのがばれないように、薄目だけ開ける。薄暗いし、これなら目を閉じているように見えるはずだ。

「あの女の目は覚めている？」

「いえ、まだ覚めていないようです」

「あっ」

目の前に現れた女性を見て、驚きのあまり声を出してしまった。

「あら、起きているじゃない」

そこに立っていたのは、エリーザ様だった。

「……どうして、エリーザ様が？」

喉がカラカラで、自分でも驚くほどに声が掠(かす)れている。

「どうしてだかおわかりにならない？」

質問に質問で返された。わかる。でも、本人の口から聞きたかった。

「エリーザ様がご指示されたのですね」

「ふふ、ちゃんとおわかりでよかった。喉が嗄れているみたいね。飲み物を差し上げましょうか？」

本当は欲しいけれど、毒が入っていそうで怖い。

「い、いいえ、大丈夫です。ここはどこですか？」

「うちの地下よ。はあ……ここは本当にかび臭いわね」

エリーザ様は口元を扇子で多い、綺麗な顔を歪めた。

「うちって……ラング公爵邸ですか？　別邸とかでなく？」

「本邸よ。ここは悪さをした使用人を閉じ込めておく部屋なの」

意外だった。どこか足のつかない場所だと思ったのに、まさか自邸に連れてくるなんて思わなかった。

「仕置きをしないといけない時もあるから、ある程度の道具も揃えてあるのよ。ほら、そこの棚にあるでしょう？」

エリーザ様の指をさした方向に首を動かすと、確かに棚があって、そこにはどうやって使うのかわからない道具がズラリと並んでいてゾッとする。

「……っ……わ、私に使うつもりですか？」

「さあ、どうでしょうね」

つ、使う気満々だわ……！

「バルバラ……っ……私の侍女や護衛たちはどこに……」

「さあ？　私はあなただけに用があっただけだもの。他の者は知らないわ」

「そんな……」

目の前が真っ暗になる。

「私に用があるのなら、会う機会は何度もあったはずです！　なぜこんなことを……」

「会って済む用事じゃないからに決まっているでしょう？」

「……よくわからない場所ならともかく、ラング公爵邸になんて……このことはすぐに知られますよ」

「ええ、構わないわ」

エリーザ様はにっこりと微笑む。無理しているようには見えない。何かから解放されたような表情だ。

何？　どうしてこんな顔をするの？

「素直に身を引いていれば、こんなことにはならなかったのに……まあ、あなたにも立場がおありなので、仕方がないでしょうけれどね」

エリーザ様が顎で合図し、見張りに鍵を開けさせた。

コッ、コッと音を立て、無遠慮に近づいてくる。私はなんとか起き上がろうと身体を左右に動かすけれど、上半身を起こすので精一杯だった。

「……っ……私が身を引いても、こんなことをするあなたをオスカー様が妻にするなんてありえません」

「それはよかったわ」

「え？」

エリーザ様は私の前にしゃがむと、畳んだ扇子を私の顎先に入れてクイッと持ち上げる。

「私はあんな男、大嫌いだもの」

「大嫌い……？　あなたはオスカー様をお慕いしているのではないんですか？」

「私がお慕いしているのは、今までもこれからもカール様ただお一人よ」

えっ……!?

「あなたが幼い頃からオスカー様を好きだと言っていたと聞きましたけれど、それは間違いでしたか？」

「ああ、それは本当よ」

「でも、カール様をお慕いしていると……」

「ええ、お慕いしているわ」

一体、どういうこと？

「私はカール様をお慕いしているのに、彼は私のことなんて見向きもしてくださらないの。婚約できて喜んでいたのは私だけ……だから私、絶対にあの方の前では、気持ちを口にしなかったわ。……でもね、あることに気付いたのよ」

「あること、ですか？」

「ふふ、あのね、私がオスカー様を好きだと言うと、カール様のお顔が歪むのよ。私、それがすごく嬉しくてね……カール様の前でも、他の方の前でも言うようになったの。特におしゃべりな方がいる時を狙ってね。そうすれば彼に伝わるでしょう？」

衝撃的すぎて、相槌（あいづち）が打てない。

「愛されていなくても、私のことで心を乱してくれるのが嬉しかった……何度見てもゾクゾクしたわ」

な、なんて歪んでいるの……。

「でも、カール様は殺されてしまったわ。オスカーのせいで……」

「カール様はご病気で亡くなったと……」

「捕らえられたせいで、病気にかかったかもしれないじゃない！　普通に過ごしていれば、きっとかからなかったわ。カール様は丈夫な方だったもの」

大きな瞳に涙がにじむ。私はさっきとは別の意味で、何も言えなかった。

「オスカーなんて、カール様におとなしく殺されたらよかったのよ……っ！」

愛する人を亡くしたのは同情するけれど、大切な人のことを言われたらこちらだって黙っていられない。

「オスカー様がどれだけ苦しんだと思っているの⁉　そんな風に言われる筋合いないわ！

きゃっ……！」

「苦しんだからって何⁉　あの男は生きているじゃない！　カール様を殺して、のうのうと生きているじゃないっ！」

扇子で何度も頬を叩かれた。

エリーザ様は息を荒げながら立ち上がり、扇子を捨てて棚に立てかけてあった斧を手に取った。

「だから私と同じ苦しみを与えてやるのよ」

さっきまで頭に昇っていた血が一気に下がった。

斧で何をする気……⁉

「オスカーはあなたを溺愛しているから、あなたが私の手にかかったと知ったら、さぞ苦しむでしょうね」

「わ、私を殺せば、あなただけじゃなく、ラング公爵家も罪に問われます……っ！」

「別に構わないわ。私が大切なのはカール様だけで、家のことはどうでもいいの。足が付かないようにしたいのなら、ここへは連れてこなかったわ。別にどうでもいいから連れてきたのよ」

両手で斧を持ち上げたエリーザ様は、こちらに向かって一気に振り下ろす。

「きゃあっ！」

床に斧の刃が当たり、カァンと甲高い音が響いた。

心臓が痛いぐらいバクバク脈打っている。転がったことでなんとか逃れたけれど、当たっていたら怪我だけじゃ済まない。

「あら、避けた。転がって逃げるなんて、運動神経がいいのね」

牢屋の扉は開いている。でも、見張りの男がいるし、手足を縛られた今の状態ではとてもじゃないけれどあそこまで無事に辿り着くのは無理だ。

まずい。このままだと本当に殺されてしまう。

「こ、こんなことをしても、カール様は喜びませんよ……っ！」

「別に喜んでいただこうなんて思っていないわ。私が勝手に復讐したいだけだもの。あなたの首を見たら、あの男はどんな顔をするかしら」

「私を殺したら、あなたも……」

「死刑にされる？　いいのよ。むしろそうしてほしいわ。カール様の復讐を果たして死刑にされるなんて、ロマンティックじゃなくて？」

どこがロマンティックなの⁉

「カール様の居ない世界なんて、なんの意味もない……ずっと死にたかったわ。でも、このままじゃ私、カール様に顔向けできないもの。ただ死ぬのではなく、復讐してから死ななくちゃ」

「エリーザ様、考え直してください！」

「うるさい！　好きな人を失った私の気持ちなんてわからないくせに！」

エリーザ様は再び私に向かって斧を下ろす。

「きゃあああっ！」

再び転がって、攻撃から逃れた。この調子で逃げても、いつまで持つか……。

どうしたらいいの？

「もう、これじゃなかなか殺せないわ」

その時、足音が聞こえてきた。一人じゃない。大勢の足音だ。

「やだ、城の兵かしら。思ったより早いわ。さっさと殺しちゃわなくちゃ。ちょっとあなた、この女を押さえて」

「いや、でも……」

「前払いであなたの家族が困らないだけのお金を渡したでしょう？　あなたが約束を守らないっていうなら、あなたの家族がどうなるか……わかっているでしょうね？」

「は、はい……」

どうやら脅されて雇われているようだ。

そう思うと、公爵家の使用人らしからぬ恰好だ。暗くてもわかるぐらいにボロボロの服を着ている。

「すみません……すみません……」

見張りの男がこちらへやってくる。

「来ないで……嫌……っ！」

男に身体を押さえられ、顔が地面にくっ付く。私を押さえるその手は、震えていた。

私、こんな所で……こんな形で終わるの？

「……っ……私は……王の婚約者よ……！　あなたが私を殺すのに協力すれば、お金を貰ったところで、あなただけでなく、あなたの家族も死罪になるわ！　それでもいいの⁉」

はったりだった。貴族は家ごと裁かれる場合はあるけれど、それ以外は聞いたことがない。どうか騙（だま）されて……！

「えっ」

私を押さえる手が緩んだ。その隙を見て私は転がり、拘束から逃れた。足音が近付いてくる。もう少しだ。

「そんな話は聞いてない！　話が違うじゃないか！」

「うるさいわね。邪魔だから早く退いて」

「俺のことはどうでもいい！　だが、家族は別だ！　金が欲しかったのは家族のためだ！」

「もう、時間がないのよ！　邪魔だったら！」

エリーザ様が斧を振り上げる。

「ひぃっ」

「駄目！　エリーザ様、やめて……っ！」

ああ、もう駄目……！

とっさに目を閉じた瞬間、足音が止まりカランと金属の音がした。

「ローゼ！」

この声は……。

愛おしい人の声が聞こえて、ハッと目を開ける。そこにはエリーザ様の振り上げた手を掴んだオスカー様がいらっしゃった。

「オスカー様！」

兵が来てくれたのかと思いきや、まさかオスカー様本人が助けに来てくださるなんて思わなかった。

「あーあ……間に合わなかったわ」

「エリーザ公爵令嬢とその男を捕縛しろ」

「はっ！」

エリーザ様を兵に任せたオスカー様が、私を抱き起してくれる。すごい汗だ。

一生懸命探してくださったのね……。

「ローゼ！」

「オスカー様！　バルバラたちは……バルバラたちは無事ですか⁉」

「ああ、大丈夫だ。皆怪我はしているが、命に別状はない」

「よかった……」

震えあがってガチガチに固まっていた心が解れ、涙が溢れる。意識を保っていられたのは、手足を縛っていた縄を外してもらうまでだった。

「オスカー様……あの男の人は、エリーザ様に脅されていただけです。ですから、酷い罪を与えるのはお許しを……」

「ローゼ？」

緊張の糸が切れた私は、オスカー様の腕の中で意識を手放した。

第六章　約束

とてもいい香りがする。

これはミルクスープの香りだわ。私の大好きなスープ……よく、お母様が作ってくれたスープ……。

足音が聞こえる。いい香りに誘われるように目を開けると、オスカー様が二つのスープとロールパンを運んできたところだった。

「オスカー様……」

「ローゼ、目を覚ましたんだね。大丈夫？」

「はい？」

大丈夫って、何のことかしら。

「あ……痛っ……」

眠る前のことが思い出せなかったけれど、身体を起こした時に腕や背中に痛みが走り、一気に記憶が蘇った。

そうだわ。私、エリーザ様に攫われて……。

「ローゼ！　大丈夫⁉」

オスカー様が駆け寄ってきて、私の身体を支えてくださった。

「大げさな声を出してしまってごめんなさい。背中と腕が少し痛いだけです」

「打ち身になっているんだ。助けに行くのが遅かったせいで……ごめん」

「オスカー様は何も悪くありません。助けてくださって、ありがとうございます」

オスカー様に抱きつくと、優しく抱き返してくださった。私が怪我をしているから、いつもより力の入れ具合が少ない。

「無事でよかった……」

痛くてもいいから、強く抱きしめてほしいと思ってしまう。

「バルバラはどうなりましたか？」

「こめかみを切っていたのと、軽い打ち身だったから大丈夫だ。ローゼが目を覚ますまで傍に付いているって言ってたんだけれど、休ませたよ」

よかった……。

「安心しました。護衛や御者も怪我をしたけれど、無事だって仰っていましたよね？」

「護衛は剣で切られていたけれど、致命傷ではなかったから治療すれば大丈夫だよ。御者も頭を殴られて気絶してたいただけだった」

「よかった……」

そう言った瞬間、グゥッとお腹が鳴った。

「あ……」

「もう夜だし、お腹が空いたよね。そろそろ起きるかなと思って、スープを作ってきたんだ。食べられそう?」

「はい、いただきます」

ベッドから起き上がろうとしたら止められ、こちらまで持ってきてくださった。

「ありがとうございます。いただきます」

カラカラだった喉を水で潤し、スープとパンを頂く。

「とっても美味しいです」

「よかった。パンはまだ作れないから、シェフに焼いてもらったものだけれどね。今度作り方を教えてくれる?」

「ええ、もちろんです」

エリーザ様は、どうなったのかしら……。

聞くのが怖い。でも、知らないわけにはいかない。

「オスカー様、エリーザ様は……」

「捕らえて、今は地下牢に幽閉しているよ。後日、裁判が開かれる。いくら公爵令嬢でも、ルチア国の姫であり、俺の婚約者で次期王妃であるローゼを殺そうとしたのだから、最悪死刑……死刑が免れたとしても元の地位には戻れない。よくて国外追放にはなるだろうね。ラング公爵家は所有している財産のいくつかを没収する方向になると思う」

「そう、ですか……」

国外追放――。

カール様の居ない世界に意味などない。早く死にたいと言っていたエリーザ様にとっては、死刑の方が喜ばしいことだったのかもしれない。

複雑な気持ちで胸がいっぱいになったけれど、スープを飲んで押し流す。

「見張り役にさせられていたあの男の人はどうなりましたか?」

「どんな理由があろうとも、ローゼを殺そうとするのに加担したことは事実だから、罪は免れないね。いいところで一生涯セロシア島での強制労働かな」

セロシア島……サードニクス国が所有する島で、昼間は四十度、夜はマイナス二十度にもなる過酷な場所だ。

でも、命があるだけよかった……と思うべきなのかしら。

「ご家族の方はどうなりますか？」

「特に裁きはないよ。妻と娘がいて、不祥事を起こして仕事を解雇されたことを言えずにいて、生活費が必要だったそうだ。同情の余地はないけど」

「そうでしたか……」

正直にご家族に話していれば、ずっと一緒に居られたのに……。

本人は自業自得とはいえ、ご家族のことを思うと胸が痛い。

「ご馳走様でした」

「足りた？」

「はい、ありがとうございます」

オスカー様は食器を下げると、私の前に座り直す。

「バルバラから聞いたよ。エリーザ公爵令嬢に嫌がらせをされていたんだってね」

「あ、はい……」

「どうして言ってくれなかったの？」

「ごめんなさい。あまり気にならなくて、困っていなかったもので……」

「かなり酷いことを言われていたと聞いたんだけれど、本当に気になっていなかったの？　無理しているのではなくて？」

「気持ちに余裕がある時なら、『なんでそんなことを言うんだろう』とか『酷い人！』なんて感想も出てきたと思うんですが、ご存じの通り毎日必死だったもので……」

「ああ、なるほど……」

そういえば、どうしてエリーザ様は私にあんな嫌がらせをしてきたんだろう。

オスカー様を苦しめるために、オスカー様にとって特別な人間を殺そうとしていたのなら、あんな嫌がらせをせずに、黙って実行に移せばよかったのに……。

『素直に身を引いていれば、こんなことにはならなかったのに……』

エリーザ様の言葉を思い出す。

もしかして、私を巻き込むことに、良心が傷んだのかしら……。

「ローゼ？」

「あ、いえ、なんでもないです」

考えるのはやめよう。いくら考えても、今の状況が変わるわけじゃない。

「……もし、ローゼが気にしていたら、俺に相談してくれていた？」

「それは……」

言葉を詰まらせると、オスカー様が手を握ってくださる。

「相談してくれないのかな？」

嘘を吐くわけにはいかない。

「……はい」

「どうして？」

「王妃になるのですから、嫌味を言われた程度で、王であるオスカー様のお手を煩わせるわけにはいかないと思って……」

「じゃあ、俺が王じゃなかったら、相談してくれていた？」

オスカー様が、王じゃなかったら？

「しない……かもしれないです。心配をかけたくないですし……」

「俺は今のように王であっても、王じゃなくてもローゼが陰で辛い思いをしているのは嫌なんだ。これからはどんなことでも話してほしい」

優しいお方……。

そういうところが好きだと改めて思う。

「はい、お約束します。オスカー様も私にお話ししてくださいね」

「うん、話すよ」

どちらからともなく唇を重ね、一度離れてお互いの顔を見合わせ、また唇を重ねた。ちゅ、ちゅ、と吸い合う。

あの時死んでいたら、こうしてオスカー様と口付けできなかったのね。

生きていてよかった。本当に怖かった。

もっと触れてほしい……。

唇をぺろりと舐められた。いつもならここから深いキスをして、それから……。

今日も何も考えられなくなるぐらい激しく求めてほしい。

長い舌が入ってきて期待に胸を熱くしていると、オスカー様がお顔を離した。

「オスカー様？」

「ごめん。ローゼは怪我をしているのに、つい……」

私は首を左右に振って、自らオスカー様の唇を奪った。

「んんっ……ロ、ローゼ？」

「やめないでください」

柔らかな唇をちゅ、ちゅ、と吸っておねだりすると、再びオスカー様から舌を入れてくださった。

クラクラするような情熱的なキス――いつもならキスをしながら身体に触れてくださるのに、オスカー様の手は私の手を握ったまま動かない。

私の怪我を気にしてくださってるのかしら。それとも、今日はそういう気分にはなれないかしら。

……そうよね。色んなことがあったもの。ならなくても当然だわ。むしろ私がそんな気持ちになっているのがおかしいのよ。

唇を離すと同時に恥ずかしくて俯くと、オスカー様のトラウザーズが膨らんでいた。

「あら?」

思わず声を上げてしまった。

オスカー様も私と同じ……?

「大丈夫……今日はちゃんと我慢できるから」

気恥ずかしそうに笑うオスカー様を見たら、胸がキュンとする。

「我慢なんてしないでください! だって、私も……」

今のキスで秘部が濡れ、触れてほしくて疼いていた。

「え、ローゼも?」

「は、はい……」

「もしかして、モジモジしてるのは、濡れているから?」

恥ずかしいけれど素直に頷く。するとオスカー様がナイトドレスの裾に手を入れてきて、ドロワーズ越しに秘部に触れた。

「ぁっ……」

指が動くたびに、クチュクチュ恥ずかしい音が響く。

「本当だ。濡れてるね」

「は、い……だから……んっ……」

「でも、辛くない？」

このままの方が辛い……とはさすがに恥ずかしくて言えない。私は何も言わずに小さく頷いた。

オスカー様はご自身の服を乱暴に脱ぎ捨てると、私のナイトドレスをとても丁寧な手付きで脱がせると、ガラス細工を扱うみたいに、優しくベッドに寝かせてくださった。

「痛くないかな？」

「はい、大丈夫です」

「少しでも痛かったら、我慢しないで教えてほしい。あんまり激しくしないようにと、長い時間にならないようにするから」

「はい……んっ……ぁっ」

大きな手に胸の形を変えられ、とろけるような快感が全身に広がっていく。柔らかな唇で尖った先端を可愛がられ、恥ずかしい声が次から次へとこぼれる。

「痛い？」

「違……気持ち……いっ……んっ……ぁんっ」

「ふふ、何？」

胸の先端をキュッと抓まれ、私は喘ぎ声に邪魔されながら必死に答えた。

「ぁっ……んんっ……きもち……っ……い……んんっ……」

「気持ちいいんだ」

「や……っ……も……オスカー様……んっ……ご存じ……のくせに……ぁんっ……あぁっ……んんっ……ぁっ……あぁっ……」

秘部は蜜で溢れ返り、少しでも動くとクチュクチュ淫らな音が聞こえてくる。

「素敵な音がしてるね」

触れてほしくて堪らなかった場所を長い指でなぞられ、私は一際大きな声を上げた。

「あぁっ……！　オスカー様……わ、私……もう……」

膣口が激しく収縮を繰り返し、オスカー様を早く受け入れたいと涙をこぼしている。

「うん……俺も、もう限界……」

オスカー様は私を抱き上げると、膝の上に乗せた。

「あっ……オスカー様？」

「今日はいつもの通りしたら背中が痛いだろうから、座ってしようか」

「す、座って？」

いつもは私が寝そべって、オスカー様が覆い被さって……という体勢でしかしたことがなかった。

「そう、こうやって……」

オスカー様は私の身体を支え、蜜の溢れた膣口に欲望を宛がった。腰を落としていくと、灼熱の杭が私の中に埋まっていく。

「ん……っ……ぁっ……あぁ……」

体重がかかっている分、いつも以上にオスカー様を深く感じる。まだ入れられただけなのに、あまりにも気持ちよくておかしくなりそうだった。

「こうすれば、ほら……動いても背中が擦れない。いつもの体勢もいいけれど、こういうのもいいね……ローゼと密着できて幸せな気持ちになる」

下から突き上げられ、さらなる快感が襲ってきた。

「あっ！　あぁっ……んっ……んぅっ……ぁっ……んんっ！」

「……っ……ン……すごい……締め付けだね……気持ちいい？」

「は、い……ぁっ……ぁっ……奥が……んっ……んぅっ……」

「奥がいい？」

一番奥にグリグリ擦り付けられ、あまりの快感に悲鳴にも似た嬌声がこぼれた。

「いっ……いぃ……です……んんっ……ぁっ……」

奥からは新たな蜜が溢れ、突き上げられると淫らな音がより大きな音で部屋に響く。

「あぁっ！　オスカー様……っ……き、気持ち……いっ……んっ……んぁっ……あぁっ……！」

オスカー様と繋がっている中が、とても熱い。

「俺も……すごく気持ちいいよ……」

オスカー様が動くと、胸の先端や花びらの間にある敏感な粒まで擦れる。そのたびに甘い快感に襲われ、中への刺激も相まっておかしくなりそうだ。

今日感じた恐怖や不安が、甘い快感の中にとろけていく。

激しくしない、長い時間しない……私たちはお互いそんな約束も忘れ、初めてする体勢で何度も求め合った。

エピローグ　思い出の木

オスカー様と結婚してから、半年が経つ。

オスカー様の妻となり、そして王妃となった私は、王妃として仕事に励んでいた。

……と言っても、まだまだ勉強が必要で、周りの皆様に助けてもらってようやくといったところだ。

早く一人でこなせるようにならないと……！

王妃専用の執務室があるけれど、オスカー様の希望で彼の政務室に机を運び、一緒に使わせて頂いている。

顔を上げる瞬間が同じで、目が合うのが気恥ずかしくもあり、嬉しくもある。

サードニクス国に来てから、大分状況が変わった。

エリーザ様の一件があったあの後、あれだけ好き勝手生きてきたお父様が病に倒れ、ルイお兄様が政務を行うことになったのだ。

サードニクス国の援助や特使からの手助けもあり、少しずついい方向に向かっているみたい。

「あっ」

手を滑らせて、書類を落としてしまった。立ち上がろうとしたら、オスカー様が先に立ち上がって拾ってくださる。

「はい、どうぞ」

「ありがとうございます。すみません」

「屈むなんて駄目だよ。こういうのは、俺に言ってね。俺がいない時は、誰か必ず呼んでやらせて」

「これくらい大丈夫ですよ」

「駄目だよ。約束して？」

「ふふ、わかりました。約束します」

オスカー様はほんの少しだけ膨らんだ私のお腹を撫でて、チュッと唇にキスしてくださった。

現在私のお腹の中には、新しい命が宿っている。

「辛くない？　こんな長い時間働くなんて、身体に悪いよ。そろそろ休んだ方がいいよ」

「まだ一時間しか働いてませんよ」

「一時間も働けば十分だ。さあ、休もう」

「いえいえ、十分じゃありませんよ」

妊娠がわかってからというもの、オスカー様は私をとても気遣ってくださっている。

「じゃあ、せめてそっちの長椅子で横になりながらにしたら？」

「もう、心配しすぎですよ」

とても……と言うより、過剰になっているようだけれど、オスカー様の気持ちが温かくて嬉しい。

私は自分で焼いた一口で食べられる小さなクッキーを口に入れ、咀嚼しながら書類に目を通す。

普段からよく食べる方だけれど、妊娠してからというもの、さらにたくさん食べるようになり、よくお腹が空く。

三食だけでは足りないし、お腹が空くと気持ち悪くなる。お医者様が言うには、こうしたつわりの形もあるそうだ。

体重がかなり増加するようなら少しは我慢した方がいいけれど、そうでないのなら食べた方がいいと仰っていたので、仕事中もこうして食べるようにしていた。

「ローゼ、クッキーで足りる？　何か作って持ってこようか」

「ありがとうございます。大丈夫ですよ」

「何か食べたいものがあったら教えてね。ローゼは遠慮しがちだから」

「はい、ありがとうございます」

実は、すごく食べたいものがある。

プラムが食べたいわ。それも実家の木のプラム……。

ここに来てから何度かプラムを食べたけれど、実家のプラムとは味が違う。実家のは甘くて、でも同じぐらい酸味があって、いくらでも食べられる味なのだ。

思い出したら、ますます食べたくなってきた。

あなたにも食べさせてあげたいわ。

お腹を撫でて、また一つクッキーを摘まむ。

ニーナにお願いして、夕食の後にまたプラムを持ってきてもらおう。味は全然違うけれど、食べると少しは心が満たされる。

仕事に励んでいると、扉をノックする音が聞こえた。オスカー様が声をかけると、彼の側近であるアッペル公爵が入ってくる。

「オスカー様、例の物が庭に届いております」

例の物って何かしら。

「ああ、ありがとう。もう見られる状態かな？」

「はい」

「ローゼ、庭に行こう。見せたいものがあるんだ」

「え？　何をですか？」

「それは見てのお楽しみだよ。さあ、行こう」

「は、はい」

オスカー様に手を引かれ、庭へ向かった。

何があるのかしら。庭ってことは、お花？　珍しいお花かしら。だとしたら、楽しみだわ。

楽しみで、つい足早になってしまう。

庭に近付くにつれて、風に乗ってきた懐かしい甘い香りが鼻腔をくすぐる。

え、これって、まさか……。

そのまさかだった。

庭には懐かしい実家のプラムの木があった。

え、嘘、本当に？　別の木？

注意深く眺めると、見覚えのある傷を見つけた。オスカー様と出会った日と同じぐらい風の強い日に、何かが飛んできてできたものだ。

間違いない。この子は私の家の木だわ。

「オスカー様、この木は……」

「そう、ローゼの家にあったプラムの木だよ。もう少し早く運びたかったんだけれど、枯れたり、弱ったりしないように運ぶにはどうしたらいいか調べていたら、こんなに時間がかかってしまった」

「まさか、運んできてくださるなんて思ってなかったです」

「大切な木だって言っていたから」

また、会えるなんて思っていなかった。

木の幹を撫でると、懐かしさで胸がいっぱいになって、嬉しくて涙が出てくる。

「オスカー様、ありがとうございます」

オスカー様は私の涙を拭い、瞼に優しくキスしてくださった。

「どういたしまして」

「でも、いいんですか？」

「ん？　何が？」

色とりどりの花が咲く中、プラムの木の存在は明らかに浮いていた。

しかもここは城で一番目立つ場所だ。素晴らしい場所に植えてくださったのは嬉しい。でも、なんだか申し訳のない気持ちでいっぱいになる。

「薔薇や他のお花が咲いている庭に、いきなり果樹……というのは、美観的にどうかと思いまして」

「なるほど、美観的にね」

オスカー様の後ろで、アッペル公爵とガーデナーがうんうん頷いているのが見えた。

そうよね。別の場所に移動させた方がきっといいわ。

「でも、長旅に耐えてきたんだ。また動かすのは可哀想だし、弱ったら大変だ。一本だけあるから違和感があるんだから、周りにも果樹を植えよう」

「え、ええっ！」

「なんの果樹がいいかな。ローゼの好きな果物にしよう」

ガーデナーががっくりと肩を落とすのが見えて、申し訳ない気持ちになる。

一応止めたけれど、オスカー様は「これ以上動かすと弱ってしまうかもしれない」の一点張りで、次々と果樹を植えていったのだった。

◆◇◆

十数年後――。

オスカー様とサロンでお茶をしていると、十四歳になる娘のアンネリーゼが頬を赤くして尋ねてきた。

「お母様、少し……いい？」

私たちはたくさんの子供に恵まれた。

第二王女のアンネリーゼ、その上には第一王子のヨルダン、第一王女のクラーラ、下には第二王子のランベルト、第三王子のギード、そしてお腹の中にはまた新たな命が宿っている。

「ええ、どうしたの？　リーゼも一緒にお茶をする？」

「ううん、大丈夫……あのね、お願いがあって来たの」

「なぁに？　あなたがお願いしてくれるなんて珍しいわね」

「お母様のプラムを一つ貰ってもいい？」

「ええ、もちろんいいわよ」

「自分でとるのは危ないから、ガーデナーに頼むんだよ」

「駄目よ。自分でとらないと、叶わないもの」

「叶うって、なんのことだい？」

ただでさえ赤かったアンネリーゼの顔が、ますます赤くなっていく。

「そ、それは……」

「それは？」

オスカー様が再び尋ねると、アンネリーゼがモジモジしだす。

彼女はオスカー様と髪と瞳の色が同じだし、顔立ちもそっくりだ。でも、こういう仕草を見ていると、ああ、私の血が入っているんだなぁって感じる。

私が産んだのだから自分の血が入っているのが当たり前なのだけれど、毎日があまりにも幸せで、今でもこれまでのことは夢なんじゃないかと思ってしまうのだ。

「お父様、お母様……本当に知らないの？」

「知らないわ。オスカー様、ご存じですか？」

「いや、俺も知らないな。リーゼ、何かあるのかな？」

アンネリーゼは少しの間真っ赤な顔で黙っていた。けれど、覚悟を決めたように口を開く。

「あのプラムの木には不思議な力があるから、自分でとったプラムを好きな人に渡して、受け取ってもらえると……永遠に結ばれるっていう噂があるの」

「えっ」

不思議な力？　あのプラムの木はお母様と植えた普通の木よ？　しかも安売りだった苗なのよ？

でも、目を輝かせるアンネリーゼを見たら、そんなことは言えなかった。

「じゃあ、リーゼはプラムを渡したい相手がいるんだね？」

「……っ」

アンネリーゼが真っ赤な顔で頷く。

ついこの間まで赤ちゃんだったのに、もう恋をする年頃になったのね。

「そっか、それはどんな人？　キミが好きになった人なんだから、きっと素敵な人なんだろうね」

「ええ、とても優しくて、強くて、でも誰よりも優しいの」

「恋はとても素晴らしいことだ。お父様はお先真っ暗な人生を送っていたけれど、ローゼに出会って恋をしたおかげで人生が薔薇色になったからね」

「オ、オスカー様……」

頬が熱くなる。

今の私、アンネリーゼと同じぐらい顔が赤くなっているかもしれないわ。

「ローゼは違うの？」

「私も同じです。オスカー様に出会って、恋をしたから、人生が変わりました」

オスカー様は私の手を取ると、チュッとキスしてくれる。

「よかった」

そんな私たちの様子を見て、アンネリーゼが口元を綻ばせた。

「ふふ、そのお話、何度も聞いたわ。でも、お父様とお母様みたいに、素敵な恋ができたらってずっと憧れていたの」

「それは光栄だな」

「プラムは手の届く位置にあるものなら、自分でとっていいわよ」

「ありがとう！　じゃあ、行ってきます」

アンネリーゼは満面の笑顔を浮かべ、足早にサロンを飛び出した。

「リーゼの恋の相手は誰かしら」

「騎士団長だよ」

「え、フォーゲル公爵？」

「そうそう」

サードニクス国に代々使える名門だ。

フォーゲル・ケヴィン様――父、祖父、曾祖父がそうであったように、騎士学校を首席で卒業し、二十歳という若さで騎士団長に就任した優秀な方で、見目麗しい上にとても気さくな性格なので社交界で人気がある。

「知りませんでした。オスカー様はどうしてご存じなのですか？」

「視線を見ていればわかるよ。リーゼはいつもフォーゲル公爵を見ていたからね」

ぜ、全然気付かなかったわ。

「ケヴィンは人格者だし、リーゼの相手には申し分ないね。確か婚約者も恋人もまだいなかったはずだ。いい雰囲気になるようなら、婚約させよう」

「それは素敵ですね」

どうかリーゼの恋が上手くいきますように……。

「でも、まさか、そんな噂ができているなんて思いませんでした。だから最近プラムをとる許可を欲しいと頼まれることが多かったんですね。てっきりただ食べたいのかと思っていました」

「そうだったんだ」

アンネリーゼを入れて、もう十人は超えている。一体、どこからそんな噂が広まったのかしら。

「あのプラムの木にはそんな効果はないのに……なんだか申し訳がないです」

「いや、効果はあったよ」

「え、どなたのことですか？」

オスカー様はにっこり笑って、私の唇にチュッとキスしてくださる。

「俺たちだよ」

「あっ」

そういえば私、出会った頃から何度もオスカー様にプラムをお出ししていたわ。

「ね？」

「ふふ、はい、確かに結ばれました」

「そう、永遠にだよ」

「はい」

二人で席を立ち、サロンの窓から外を覗く。アンネリーゼが小走りでプラムの木を目指しているのを見付けた。

「リーゼの恋、上手くいくといいですね」

「俺たちの可愛い娘だ。上手くいかないわけがないさ」

なんだかプラムの話をしたら、食べたくなっちゃったわ。後でとってこようかしら。

「プラムの話をしたら、食べたくなっちゃったな。ローゼ、後でとってくるから、一緒に食べようよ」

「あっ！　私も思ってました」

「ふふ、さすが夫婦、息ぴったりだね」

「はいっ！」

プラムの木に不思議な力がなかったとしても、恋を発展させるきっかけになってくれたらいいと思う。

私たちみたいに幸せになる人がたくさん増えてくれますように……。

それからさらに数年後、このプラムの木の噂は伝説となり、恋する乙女を味方する神様だと言われるようになることを今の私たちはまだ知らない。

番外編　風邪を引くのも悪くない

「ケホッ……」

どれくらい寝たんだろう。覚えていないけれど、嫌な夢を見た気がして寝覚めが悪い。

重い身体を起こし、壁にかかっている時計に目をやる。

まだ、昼……こんな時間に横になるなんて、ローゼと出会った二年前ぶりだな。

頭も喉も関節も痛い。おまけにすごい悪寒だ。

ローゼと念願だった結婚式を挙げて間もなく、俺は無様にも風邪を引いて寝込んでいた。原因は昨日国境近くの視察に行った時、土砂降りの雨に打たれたからだろう。

冷えたぐらいで風邪を引くなんて、軟弱だな……。

昔は体調を崩すと暗殺される危険性があったので、平然を装って生活していた。今はもうそんな心配はほとんどないというのに、いつもの癖で隠していた。

目にゴミが入りそうになったら自然と瞑るように、自分の方に何か飛んできたら避けようとするのと同じく、それは俺にとってとても自然な行動だった。

『オスカー様、いつもと違います。もしかして具合が悪いんじゃないですか？』

それを見抜いたのは、ローゼだった。

具合が悪いのを見抜かれたのは、初めてだ。さすがローゼ……。

もうすぐ昼食の時間、薬を飲むためには何か食べないといけないが、喉が痛くて何も食べたくない。

寝よう。病気を治すには、寝るのが一番だ。

ローゼとの新婚旅行も控えているし、政務だって山積みのこの時期になぜ風邪なんて引いてしまったのか……早く寝たいのに、自分に腹が立って眠れない。

悶々（もんもん）としながら寝返りを打つと、扉が開いた。

ノックなしに入ってくるということは……。

「あ、起きていらっしゃったんですね。ご気分はどうですか？」

やっぱりローゼだ。手に持ったトレイには薬と食事らしきものが乗っている。彼女にも王妃としての仕事があって忙しいのに、わざわざ来てくれるなんて嬉しい。

「うん、大分いいよ」

ああ、また癖で嘘を吐いてしまった。ローゼには嘘を吐く必要なんてないのに……。

「そうは見えませんよ？　もしかして、私が心配しないようにって気を遣ってくださってますか？」

「いや、違うんだ。ごめん。昔は体調を崩すと暗殺されるからって平然としていたから、自然と癖で具合が悪くても平気なふりをしてしまうようになってしまって……嘘を吐いてごめん」

「そうだったんですね……」

「本当は具合が悪いから、思いきり甘やかしてほしいな」

「ふふ、もちろんです」

ベッド横のテーブルにトレイを置いたのを見計らって抱き寄せようとしたけれど、関節の痛みを感じてハッとする。

「あ、でも、風邪を感染しちゃうかな」

「大丈夫ですよ。私、子供の頃はよく風邪を引いて熱を出したんですけれど、大人になってからは一度も風邪を引いたことがないんです。なので、気にしないでくださいね」

ローゼはベッドに座ると、俺の身体をギュッと抱きしめてくれた。

ああ、幸せだ……。

鼻づまりしてなくてよかった。いい香りを思いきり堪能することができる。

こんな時だって言うのに、下半身が反応しだすのがわかる。

そこだけは元気なのか。

「食事を作ってきました。辛いと思いますけれど、少しでも召し上がってから、お薬飲んでくださいね」

喉が痛いけれど、ローゼが作ってくれたものなら何が何でも食べよう。

「ありがとう。何を作ってきてくれたの？」

「喉が痛いみたいだったので、こちらをお持ちしました。すりおろしたりんごと蜂蜜にレモン汁を入れて煮たものです。蜂蜜は喉にいいですし、身体も温まりますよ」

「どうして喉が痛いってわかったの？　俺、無意識のうちに言っていたかな？」

「いえ、でも、何度も咳ばらいをしてましたから、多分そうだろうなぁと思って」

よく見てくれている。

ほんのわずかな変化も見逃さずにいてくれるローゼの優しさが嬉しくて、口元が綻んだ。

「ありがとう。実は痛かったし、寒気がとまらなかったんだ。食べさせてほしいな」

「わかりました」

スプーンですくい、ふーふー息を吹きかけて冷ましてくれるローゼが可愛くて、また抱きしめたくなってしまうのを必死で堪えた。

「はい、どうぞ」

誰かにこうして食べさせてもらいたいと思うのも、食べさせてもらうのも初めてだ。

「ん、美味しい。すごく美味しいよ」

すりおろしたりんごが喉を通ると、なんだか痛みが楽になっている気がする。

「よかったです。昔、風邪を引くとお母様がよく作ってくれたんですよ。普段食べてもすごく美味しい！　とは感じないのに、風邪を引いている時は不思議とものすごく美味しく感じたものです」

「そうだったんだ。じゃあ、ローゼが風邪を引くことがあったら、俺が作ってあげるよ」

「わあ、嬉しいです！」

本当に嬉しそうに笑うローゼが愛おしい。

昔は体調を崩したら絶望していたものだけれど、今はたまになら、風邪も悪くないな……と思ってしまう。

「ローゼ、もっと食べたいな」

「ふふ、わかりました」

ローゼにさんざん甘えて満足した俺は、驚異的な早さで風邪を治し、夜には彼女を求めていたのだった。

あとがき

こんにちは、七福さゆりです。

「25番目の姫ですが助けた国王陛下に電撃求婚されました♡　拾ったイケメンといちゃらぶ蜜月」をお買い上げ頂き、ありがとうございます！

前作の「婚約破棄されたら異国の王子に溺愛されました　甘～いキスは悦楽の予感」に続き、食べ物がたくさん出てくる作品となりました。

食べることが大好きなので、とても楽しく執筆させていただきました！　ちなみに作中に出てきた色が変わるお茶は、バタフライピーです。

眼精疲労や美肌によく、アンチエイジング効果もあるそうですね。独特な味がするので好き嫌いはあると思いますが、私は好きです！　レモンを入れて色を変えた後の方の味が、口の中がサッパリして特に好きです。飲んだことのない方はぜひぜひ本作を読みながら、飲んでみてくださいね！

イラストをご担当してくださったのは、天路ゆうつづ先生です。私の作業がとんでもなく遅れたせいで、とんでもなく短い作業日程となってしまい、本当に申し訳ございません。そんな中で素晴らしいイラストを仕上げてくださり、ありがとうございました……！　そして、担当N様、毎度ご迷惑をおかけし、申し訳ございません……。

皆様のご協力のおかげで、発売することができました。どうかたくさんの読者さんに楽しんでいただけたら嬉しいです。

さて、ここからは作品の裏話をしていきたいと思います。

一つ目は、オスカーが童貞な理由です。

彼は見目麗しいですし、素晴らしい地位を持つ男性なので、当然たくさんの女性に言い寄られていました。でも、暗殺の危険に晒されて育ち、弟たち以外の人間を信用できなかったのでその気が全くなかったので経験がなかった感じです。

性に対してもそこまで興味を持てなかったので、最低限の知識しかありませんでした。なので初めてローゼに出会って触れた時は少々拙い触れ方です。

ローゼに出会ってからは彼女ともっと触れたい！　もっとそういうことがしたい！　と思うようになり、熱心に勉強して（時には模型を使って）テクニックを磨きました。

なので再会した後は、二年前よりもたくさんのテクニックを使ってローゼを愛しています。

二つ目は、エリーザはカールに愛されなかったと言っていましたが、カールは彼女を愛していました。ずっと両想いです。

彼女はプライドが高く、高慢で、地位はありましたが、周りにはあまり好かれていませんでした。それなのにカールはなぜか彼女のそんな姿に惹かれ、でもそんな自分がなんだか恥ずかしいような気がして素っ気ない態度を取っていました。エリーザがオスカーのことが好きだと公言したときに顔を歪めていたのは、エリーザは「自分の婚約者が兄を好きだなんて」という嫌悪感を抱いていたからだと思っていましたが、実際は「好きな人が自分の兄を好きになったなんて」という嫉妬です。

彼が王の座を狙う切っ掛けになったのも、王の座を手に入れれば、エリーザの心が手に入るかもしれないという歪んだ考えでした。もうとっくに両想いなのに。切ないですね。

三つめは、最後に出てきたローゼとオスカーの子供アンネリーゼとケヴィンの恋の行方ですが、彼は妹がアンネリーゼと同じ歳なので、彼女のことも妹のように思っていましたが、プラムを貰ったことで（他の団員からプラムの噂を教えてもらいました）異性として見るようになり、しかし年齢差があるし……となんやかんや葛藤し、最終的にはゴールインします。

裏話はこんなところでしょうか。

最後に近況報告ですが、カバー袖コメントにも書きましたが、この作品を制作している間に引っ越しを致しました！

私、一人っ子で頼れる身内もいないので、年齢を重ねると賃貸物件を借りるのが難しくなるだろうということで、地獄の三十五年ローンでマンションの小さな一室を購入しました！

私には十二歳になる愛犬二匹がおりまして、どうしてもその子たちが生きている間に買って、今よりもいい環境で育てたい＆余生を過ごさせたいという思いがあったので、かなり焦っての購入になりました。なので色々条件を妥協した部分もありますが、無事二匹と平和に暮らしております！

前に住んでいた物件が入居途中で所謂事故物件というものになってしまったせいなのか、ただ単に私がその物件とあわなかったのかはわかりませんが、常に体調を崩しておりまして……。入居している間はほとんどの期間具合が悪くて、しょっちゅう病院通いをしていたんですが、こちらに引っ越してきてからは驚くぐらい元気になりました！　まだバリバリ本調子！　とは言えないのですが、八割方回復致しました！　嬉しいです！

調子に乗って身体を壊さないように、身体を労わりながらこれからも頑張っていきたいと思っていますので、これからもどうかよろしくお願いします！

それでは、またどこかでお会いできたら嬉しいです。ありがとうございました！


七福さゆりでした。

蜜猫文庫をお買い上げいただきありがとうございます。
この作品を読んでのご意見・ご感想をお聞かせください。
あて先は下記の通りです。

〒102-0075 東京都千代田区三番町 8 番地 1 三番町東急ビル 6F
(株)竹書房　蜜猫文庫編集部
七福さゆり先生 / 天路ゆうつづ先生

25 番目の姫ですが助けた国王陛下に電撃求婚されました♡ 拾ったイケメンといちゃらぶ蜜月

2021 年 6 月 29 日　初版第 1 刷発行

著　者　七福さゆり
発行者　後藤明信
発行所　株式会社竹書房
〒102-0075 東京都千代田区三番町 8 番地 1 三番町東急ビル 6F
email : info@takeshobo.co.jp
デザイン　antenna
印刷所　中央精版印刷株式会社

本当は、帰りたかった。愛した女のそばにいたかった

「その人から離れなさい!」フロレンシアは六歳になる愛娘エステルへ声を上げた。彼女の隣にいる男性、愛称しか知らない彼こそが、エステルの父親でかつて愛し合った相手だったのだ。彼は自分の本当の名はアルフォンソだと言う。それはこの国の王の名前だった。「妻を愛でるための息抜きくらい、許されるさ」エステルを妻と呼ぶ彼に王宮に連れてこられ、激しく愛されて蘇る記憶。思い出と今に翻弄され戸惑うフロレンシアは⁉